ESPERANZA
Y OTROS SUEÑOS

Laila Lalami

ESPERANZA
Y OTROS SUEÑOS

Traducción:
MÓNICA RUBIO

MAEVA

Título original:
    HOPE AND OTHER DANGEROUS PURSUITS

Diseño e ilustración de cubierta:
    OPALWORKS sobre imagen de *Cover*

Fotografía de la autora:
    SARA CORWIN

Algunas de las historias de este libro aparecieron en otro formato en las siguientes revistas: «The Trip» en *First Intensity*, «Better Luck Tomorrow» en *The Baltimore Review*. La versión de la historia de la alfombra mágica utilizada en «The Storyteller» está extraída de *Contes et Legendes du Maroc*, Editions Fernand-Nathan, 1955.

Publicado por acuerdo con Algonquin Books of Chapel Hill, división de Workman Publishing Co.

© 2005 by LAILA LALAMI
© De la traducción: MÓNICA RUBIO
© 2006 MAEVA EDICIONES
    Benito Castro, 6
    28028 MADRID
    emaeva@maeva.es
    www.maeva.es

ISBN: 84-96231-76-3
Depósito legal: M-9.139-2006

Fotomecánica: G-4, S. A.
Impresión y encuadernación: Huertas, S. A.
Impreso en España / Printed in Spain

Para Alexander

El viaje

Catorce kilómetros. Murad ha calculado ese número cientos de veces durante el año pasado, cuando trataba de decidir si merecía la pena el riesgo. Algunos días se decía que la distancia no era nada, sólo un mero inconveniente, que tardaría apenas treinta minutos en cruzar si el tiempo era bueno. Se pasaba horas pensando en lo que haría una vez estuviera en el otro lado, imaginando el trabajo, el coche, la casa. Otros días sólo podía pensar en la Guardia Civil, en el agua fría como el hielo, en el dinero que tenía que pedir prestado, y se preguntaba cómo catorce kilómetros podían separar no sólo dos países, sino también dos universos totalmente diferentes.

Esta noche el mar parece estar en calma, sólo una ligera brisa de vez en cuando. El capitán ha ordenado que se apaguen todas las luces, pero con la luna allá arriba y la claridad del cielo, Murad aún puede ver alrededor. La Zodiac inflable de seis metros está hecha para ocho personas. Treinta se apretujan dentro ahora, hombres, mujeres y niños, todos con la ansiosa mirada de aquellos cuyos destinos están en las manos de otros: el capitán, la Guardia Civil, Dios.

Murad lleva puestas tres capas de ropa: camiseta, jersey de cuello vuelto y chaqueta; debajo, calzoncillos térmicos, vaqueros y deportivas. Como sólo le avisaron con tres horas de antelación, no pudo ponerse pantalones impermeables. Aprieta un botón de su Rolex, una imitación que le compró a un vendedor callejero en Tánger, y el cuadrante se ilumina señalando las 3.15 de la madrugada. Rasca el residuo que la pulsera de metal le deja en la muñeca y se tira de la manga para cubrir el reloj. Al mirar alrededor no puede evitar preguntarse cuánto se ganan el capitán Rahal y su gente. Si los demás pasajeros han pagado tanto como Murad, la cantidad es de casi 600.000 dirhams, suficiente para un piso o una pequeña casa en una ciudad costera marroquí como Asilah o Cabo Negro.

Contempla la línea de la costa española, que se acerca con cada suspiro. Las olas son negras como la tinta, con algo de espuma por aquí y por allá, que brilla blanca bajo la luna, como las lápidas de un oscuro cementerio. Murad puede distinguir la ciudad a la que se dirigen: Tarifa, el punto de desembarco de la invasión mora en 711. Murad entretenía a los turistas contándoles anécdotas sobre cómo Tariq bin Ziyas condujo a un poderoso ejército moro a través del Estrecho y, tras hacer tierra en Gibraltar, ordenó que se quemasen todos los barcos. Dijo a sus soldados que podían echar a andar y vencer al enemigo o darse la vuelta y morir como cobardes. Los hombres siguieron a su general, vencieron a los visigodos y establecieron un imperio que gobernó en España durante más de setecientos años. Mal podían imaginar que volverían, piensa Murad. Pero en lugar de ser una flota, ahora venían en barcas inflables, no sólo moros, sino una abigarrada mezcla de personas de las ex colonias, sin fusiles ni armaduras, sin un líder carismático.

Pero merece la pena, se dice Murad. Un rato en esta frágil barca y después un trabajo. Será duro al principio. Trabajará en el campo como todos los demás, pero buscará algo mejor. No es como los otros; tiene un plan. No quiere romperse la espalda por el *spagnol*, pasarse el resto de su vida recogiendo sus naranjas y sus tomates. Encontrará un trabajo de verdad, donde pueda aplicar sus conocimientos. Tiene un título de inglés y, además, habla español fluidamente, no como otros *harragas*.

Se le duerme la pierna. Mueve el tobillo. A su izquierda, la chica (cree que su nombre es Faten) se mueve ligeramente, de modo que su muslo ya no aprieta el de él. Parece tener dieciocho o diecinueve años. «Se me había dormido la pierna», susurra. Faten asiente, pero no lo mira. Se arrebuja en su chaqueta negra y fija la vista en sus zapatos. Él no entiende por qué ella lleva un pañuelo *hiyab* en el pelo en un viaje así. ¿Creerá que puede andar por la calle en Tarifa con ese pañuelo sin llamar la atención? Piensa que la atraparán.

En la playa, cuando todos esperaban a que Rahal acabase los preparativos, Faten permanecía sentada sola, lejos de todos los demás, como si estuviera enfadada. Fue la última en subir al bote, y Murad tuvo que apartarse para hacerle sitio. No entendía su desgana. No le parecía posible que hubiera pagado tanto dinero y no estuviera ansiosa por marcharse cuando llegó el momento.

Frente a Murad está Aziz. Es alto y desgarbado y se sienta encogido para caber en el pequeño espacio que le corresponde. Éste es su segundo intento de cruzar el estrecho de Gibraltar. Le dijo a Murad que había regateado con Rahal el precio del viaje, alegando que, como era un cliente habitual, tenía que hacerle un descuento. Murad también trató de regatear, pero al final tuvo que pedir prestados casi 20.000 dirhams a uno de sus tíos, y el préstamo no se le quita de la cabeza. Devolverá el dinero a su tío en cuanto encuentre trabajo. Aziz pide un sorbo de agua. Murad le tiende su botella de Sidi Harazem y mira cómo echa un trago. Cuando recupera la botella, ofrece lo último que queda a Faten, pero ella niega con la cabeza. A Murad le habían dicho que debía mantener el cuerpo hidratado, así que ha estado bebiendo agua todo el día. Siente un deseo repentino de orinar y se inclina hacia delante para contenerlo.

Junto a Aziz va un hombre de mediana edad con pelo grasiento y una gran cicatriz que le cruza la mejilla, como Al Pacino en *El precio del poder*. Lleva vaqueros y una camisa de manga corta. Murad oyó decir a alguien que era profesor de tenis. Sus brazos son musculosos, los bíceps sobresalen, pero la energía que irradia es áspera, como la de un hombre acostumbrado a vérselas con la ley. Murad se da cuenta de que Caracortada no deja de mirar a la niña que se sienta a su lado. Ella parece tener unos diez años, pero su expresión es de niña mayor. Los ojos, brillantes a la luz de la luna, le ocupan casi toda la cara. Caracortada le pregunta cómo se llama. «Mouna», dice ella. Él se mete la mano en el bolsillo y le ofrece un chicle, pero la niña rápidamente rehúsa con la cabeza.

Su madre, Halima, había preguntado a Murad la hora antes de que subieran al bote, como si tuviera que cumplir un horario. Le lanza a Caracortada una mirada oscura y hostil, le pasa un brazo a su hija por el hombro y con el otro abraza a sus dos hijos, sentados a su derecha. La mirada de Halima es directa, no vaga como la de Faten. Tiene un aura de tranquila determinación y suscita sentimientos de respeto en Murad, aunque cree que es una irresponsable, o al menos imprudente, por arriesgar la vida de sus hijos en semejante viaje.

A la derecha de Aziz va una esbelta mujer africana, con sus trencillas atadas en una coleta floja. Mientras estaban esperando la partida en la playa, peló una naranja y le ofreció media a Murad. Dijo que era guineana. Se abraza el cuerpo y se mece suavemente adelante y atrás. Rahal le grita que pare. Ella levanta la mirada, trata de permanecer inmóvil y luego vomita sobre las botas de Faten. La chica grita al ver sus zapatos sucios.

–Cállate –le espeta Rahal.

La mujer guineana susurra una disculpa en francés. Faten hace un gesto con la mano para indicar que no pasa nada, que lo comprende. Pronto el bote apesta a vómito. Murad mete la nariz en el cuello vuelto. Huele a jabón y menta, y mantiene fuera la fetidez, pero al cabo de unos minutos el pútrido olor acaba por penetrar a través de su escudo. Halima se yergue y exhala sonoramente, con su hija aún abrazada. Rahal la mira enfadado y le dice que se mantenga encogida para mantener el bote equilibrado.

–Déjala en paz –dice Murad.

Halima se vuelve hacia él y sonríe por primera vez. Él se pregunta cuáles serán sus planes, si irá a encontrarse con un marido o hermano que tenga allí o si acabará limpiando casas o trabajando en el campo. Piensa en algunos de los ilegales que, en lugar de ir en barco, tratan de colarse dentro de los camiones de verduras que van de Marruecos a España. El año pasado la Guardia Civil interceptó un camión de tomates en Algeciras y encontró los cuerpos de tres ilegales, muertos de asfixia, tirados entre las cajas. Al menos en un bote no puede ocurrir eso. Trata de pensar en otra cosa, algo que le distraiga de la imagen que vio en el periódico.

El motor fueraborda se para. En el repentino silencio, todo el mundo se vuelve hacia Rahal, conteniendo la respiración.

–Mierda –masculla él. Tira del cable del estárter varias veces, pero no ocurre nada.

–¿Qué pasa? –pregunta Faten con ansiedad.

Rahal no responde.

–Inténtelo de nuevo –dice Halima.

Rahal tira del cable.

–Este viaje está maldito –susurra Faten. Todo el mundo la oye.

Rahal golpea el motor con la mano. Faten recita un verso de la segunda sura del Corán:

–«Dios, no hay más Dios que Él, el Vivo, el Eterno. Ningún sopor ni sueño le embarga...»

–¡Silencio! –grita Caracortada–. Necesitamos silencio para pensar. –Mira al capitán y pregunta–: ¿Es el encendido?

–No sé. No creo –replica Rahal.

Faten sigue rezando, esta vez en voz más baja, moviendo los labios rápidamente.

–«A Él pertenece todo lo que hay en el cielo y en la tierra...»

Rahal vuelve a tirar del cable.

Aziz grita:

–Espera, déjame ver. –Se pone a cuatro patas, sobre el vómito, y se mueve lentamente para que el bote no se desequilibre.

Faten empieza a llorar, un largo lamento. Todos los ojos se fijan en ella. Su histeria es contagiosa y Murad oye a alguien suspirando al otro lado del barco.

–¿Por qué lloras? –pregunta Caracortada, inclinándose hacia delante para mirarle la cara.

–Estoy asustada –susurra ella.

–*Baraka!* –ordena él.

–Déjala –dice Halima, sujetando aún a sus hijos junto a ella.

–¿Por qué vino si no podía aguantar? –chilla él señalando a Faten con el dedo.

Murad se quita la camisa de la cara.

–¿Quién demonios te crees que eres? –Es el primero en sorprenderse de su ira. Está tenso y dispuesto a discutir.

–¿Y quién eres tú? –repone Caracortada–. ¿Su protector?

Un carguero hace sonar su sirena, asustando a todos. Se desliza en la lejanía, con las luces parpadeando.

–¡Ya basta! –ordena Rahal–. ¡Alguien puede oírnos!

Aziz examina el motor, tironea de la manguera que lo conecta con el depósito.

–Aquí hay un agujero –le dice a Rahal–. ¿Tienes cinta adhesiva?

Rahal abre su caja de herramientas y saca un rollo. Aziz enrolla rápidamente un trozo a la manguera. El capitán tira del cable una vez, dos. Por fin, el motor gime penosamente y la lancha empieza a moverse.

–Gracias a Dios –dice Faten, ignorando las miradas furibundas de Caracortada.

La costa de Tarifa ya está a unos trescientos metros. Sólo tardarán unos minutos más. La mujer guineana tira un papel por la borda. Murad supone que es su identificación. Probablemente dirá que es de Sierra Leona, para poder pedir asilo político. Él menea la cabeza, pues no puede pretender lo mismo.

El agua sigue en calma, pero Murad sabe que no se debe confiar en el Mediterráneo. Ha conocido este mar toda su vida y sabe lo duro que puede ser. Una vez, cuando tenía diez años, fue a recoger mejillones con su padre a la playa de Al Hoceima. Mientras lo hacían, Murad vio un hermoso lecho oscuro de mejillones colgando de sus barbas en el interior de una roca hueca. Se metió dentro y estaba muy ocupado tirando de ellos cuando una ola llenó la gruta y le sacó fuera. Su padre lo pescó, aún sujetando el cubo, y lo sacó del agua. Más tarde, el padre de Murad contaría a sus amigos una versión adornada de la historia, que añadió a su repertorio de anécdotas familiares y que repetía cuando se lo pedían.

–¡Todos fuera del bote! –grita Rahal–. Tenéis que ir nadando lo que queda.

Aziz se lanza al agua sin vacilar y empieza a nadar.

Como los demás, Murad levanta la vista, asombrado. Todos esperaban ser llevados hasta la orilla, donde podrían fácilmente dispersarse y luego esconderse. Tener que nadar el último trecho resulta intolerable, sobre todo para los que no son nativos de Tánger y no están acostumbrados a sus aguas.

Halima levanta una mano para llamar la atención de Rahal.

–¡Ladrón! Te hemos pagado para que nos llevaras hasta la costa.

–¿Quieres que nos detengan a todos como a *harragas*? –replica él–. Salid del bote si queréis llegar allí. No está tan lejos. Yo me vuelvo.

Alguien hace un movimiento brusco para acercarse a Rahal, para obligarlo a llegar hasta la costa, pero la Zodiac se desequilibra y entonces es demasiado tarde. Murad ya está en el agua. Se le empapa la ropa al instante y el impacto del agua fría le paraliza el corazón durante un instante. Se agita, boquea y se da cuenta de que lo único que puede hacer es nadar. Así que ordena a sus miembros, pesados por la ropa empapada, que se muevan.

Alrededor, la gente se desperdiga lentamente, llevada por la corriente. Rahal lucha por enderezar su lancha y alguien, Murad no ve muy bien quién, se cuelga de un costado. Oye gritos y aullidos, ve a algunos nadando con rapidez. Aziz, que fue el primero que saltó del bote, ya va muy por delante de los demás, con rumbo oeste. Murad empieza a nadar hacia la costa, temeroso de que el agua tire de él hacia abajo. Oye que alguien le llama. Se da la vuelta y tiende la mano a Faten. Ella la agarra y en un segundo está colgada de sus hombros. Él trata de apartarse, pero ella se agarra más fuerte.

–¡Utiliza una mano para moverte! –le dice.

Ella abre más los ojos, pero no se mueve. Él suelta una de sus manos y consigue dar unas brazadas. Le pesa el cuerpo de ella. Cada vez que se mueve, ella se agarra con más fuerza. Tiene agua en los oídos y los gritos de ella ya no resuenan tanto. Trata de soltar su abrazo, pero ella se aferra más. Él grita, pero ella sigue agarrada. Cuando avanzan, le entra agua en la nariz y tose. Nunca llegarán si la chica no se suelta un poco y le ayuda. La empuja y se libera. Entonces se mueve rápido para alejarse de ella.

–¡Bate el agua con las manos! –le grita. Ella manotea como loca–. Más despacio –le dice, pero se da cuenta de que es inútil: ella no sabe nadar.

Se le forma un sollozo en la garganta. Si tuviera un palo o una boya para tenderle y luego tirar de ella sin correr el riesgo de ahogarse los dos... Ya se está apartando de ella, pero sigue diciéndole que se tranquilice y que trate de nadar. Se le han dormido los dedos de las manos y los pies, y tiene que empezar a nadar o se congelará y morirá. Mira hacia la costa. Cierra los ojos, pero la imagen de Faten le espera tras los párpados cerrados. Vuelve a abrirlos y trata de concentrarse en el movimiento de sus miembros.

Hay una extraña quietud en el aire. Nada hasta que siente la arena bajo sus pies. Trata de controlar la respiración, el latido del corazón en los oídos. Se tumba en la playa, con el agua lamiéndole los zapatos. El sol está saliendo y pinta la arena y los edificios lejanos de un tono dorado y naranja. Con un suspiro, Murad alivia su vejiga. La arena se calienta, pero se vuelve a enfriar en segundos. Se queda allí un rato y después se pone de rodillas.

Se levanta con las piernas temblando. Se da la vuelta y otea el agua buscando a Faten. Ve varias personas que nadan, luchando contra las aguas, pero es difícil decir quién es quién. A Aziz no lo ve por ninguna parte, pero ve a la mujer guineana saliendo del agua unos metros más allá.

Un perro ladra a lo lejos.

Murad sabe que no tiene mucho tiempo antes de que la Guardia Civil aparezca. Da unos pasos y cae de rodillas sobre la arena, que está más caliente que el agua. Con mano temblorosa, abre un bolsillo lateral de sus pantalones y saca una bolsa de plástico. Dentro hay un teléfono móvil con una tarjeta SIM española. Llama a Rubio, el español que les llevará hacia el norte, a Cataluña.

–Soy Murad. El amigo de Rahal.

–Espérame por la caña de azúcar.

–Bien.

Avanza unos pasos, pero no ve la caña de azúcar de la que hablaba Rubio. Sigue andando de todos modos. Aparece un hotel en el horizonte. Ladra otro perro y el sonido pronto se convierte en un aullido. Camina hacia él y ve la caña de azúcar. Divisa un pequeño sendero a la izquierda y se sienta en el extremo. Se quita los zapatos, encoge los dedos de los pies, helados dentro de los calcetines húmedos, y se los masajea. Vuelve a calzarse y se recuesta con un profundo suspiro de alivio. Lo ha logrado. No puede creer su suerte.

Todo irá bien ahora. Se consuela con la familiar fantasía que le sostenía allá en casa, todas aquellas noches en que no podía dormir, preocupado por no poder pagar el alquiler o alimentar a su madre y a sus hermanos. Imagina la oficina en la que trabajará; puede ver sus dedos moviéndose rápidamente y con precisión sobre su teclado; oye su teléfono sonando. Se ve a sí mismo yendo a casa, a un piso moderno y bien amueblado, a su esposa que le recibe, la televisión al fondo.

Una luz le ilumina. Rubio es rápido. No es de extrañar que sea tan caro contratarle. Murad se endereza. La luz se aparta de sus ojos sólo un momento, pero es suficiente para ver al perro, un pastor alemán, y la forma infinitamente más amenazadora que sostiene la correa.

El oficial de la Guardia Civil lleva mono y una boina negra ladeada sobre su cabeza afeitada. En la etiqueta con su nombre pone Martínez. Se sienta dentro del furgón con Murad y los demás ilegales, con el perro a sus pies. Murad se mira: sus zapatos mojados, sus pantalones sucios pegados a las piernas, la piel azulada bajo las uñas. Aprieta los dientes para no temblar bajo la manta que el oficial le ha dado. Son sólo catorce kilómetros, piensa. Si no los hubieran echado al agua, si hubiera nadado más deprisa, si hubiera ido hacia el oeste en vez de hacia el este, lo habría conseguido.

La comisaría está a unos minutos, y cuando baja del furgón, Murad ve una zona boscosa colina arriba, sólo a unos metros, y más allá una carretera. Los guardias están ocupados ayudando a una mujer que parece haberse desmayado por el frío. Murad echa a correr tan rápido como puede. Oye un silbato y sonido de botas, pero sigue corriendo a través de los árboles, apoyando apenas los pies sobre la tierra agrietada. Cuando llega cerca de la carretera, ve que es una autopista de cuatro carriles, con coches pasando a gran velocidad. Tiene que detenerse. Martínez le agarra por la camisa.

El reloj de pared en el puesto de la Guardia Civil marca las seis de la mañana. Murad está sentado en una silla metálica, esposado. Hay hombres y mujeres, todos envueltos en mantas como él, apretujados unos contra otros para conservar el calor. Él no reconoce a muchos de ellos; la mayoría vinieron en otras embarcaciones. Caracortada está sentado solo, fumando un cigarrillo, con una pierna sobre la otra, sin un zapato. No hay señales de Aziz. Debe de haberlo conseguido. Para asegurarse, pregunta a la mujer guineana, que está a unas cuantas sillas de la suya. «No lo he visto», dice.

Afortunado Aziz. Murad maldice su propia suerte. Si hubiera llegado a la costa unos cien metros más al oeste, lejos de las casas y el hotel, hubiera logrado escapar. Le gruñe el estómago. Traga con dificultad. ¿Cómo va a poder dar la cara ahora en Tánger? Se pone de pie y se acerca tambaleándose hasta la ventana polvorienta. Fuera ve a Faten, con la cabeza descubierta, en una fila con algunos de sus compañeros de viaje, esperando a que los médicos, que llevan mascarillas quirúrgicas sobre el rostro, los examinen. Siente una oleada de alivio y gesticula como puede con sus esposas, gritando su nombre. Ella no puede oírle, pero acaba levantando la vista, lo ve y mira para otro lado.

Una mujer con traje oscuro llega; sus tacones altos golpean el suelo de baldosas. «Soy su abogada», dice en español, de pie frente a ellos. Añade que están allí ilegalmente y que tienen que firmar el papel que la Guardia Civil les va a dar. Mientras todos se turnan para firmar, la mujer se apoya en el mostrador para hablar con un oficial. Levanta una pierna hacia atrás mientras habla, como una niña pequeña. El oficial dice algo con tono seductor, y ella echa la cabeza atrás y se ríe.

Murad pone un nombre falso, aunque sabe que no importa. Lo llevan al centro de internamiento, con la arena de la playa aún pegada a los pantalones. De camino hacia allí ve una bolsa para cadáveres en el suelo. La bilis le sube hasta la boca. Traga, pero no puede contenerse. Se inclina hacia delante y el oficial lo suelta. Murad se tambalea hacia un lado del edificio y vomita. Podría haber sido él quien estuviera en la bolsa, o Faten. Quizá era Aziz o Halima.

El guardia lo lleva a una celda mohosa ya ocupada por otros tres, uno de los cuales está dormido sobre un colchón. Murad se sienta en el suelo y mira por la ventana el trozo de cielo azul. Las gaviotas alzan el vuelo desde el lateral del edificio y marchan en formación, y por un momento él envidia su libertad. Pero mañana la policía le enviará de vuelta a Tánger. Su futuro sigue allí, inalterable a pesar de sus esfuerzos, a pesar del riesgo que ha corrido y el precio que pagó. Tendrá que volver al mismo piso viejo, para vivir de su madre y su hermana, sin ninguna perspectiva ni oportunidad. Piensa en Aziz, que probablemente esté ya en un camión camino de Cataluña, y se pregunta: si Aziz pudo hacerlo, ¿por qué

no yo? Al menos sabe lo que esperar. Será difícil convencer a su madre, pero al final sabe que acabará conven-
ciéndola para que venda sus pulseras de oro. Si vende
las siete, podrá pagarse otro viaje. Y la próxima vez lo
conseguirá.

PRIMERA PARTE

El fanático

Larbi Amrani no se consideraba a sí mismo un hombre supersticioso, pero cuando las cuentas de oración que colgaban del espejo retrovisor de su coche se rompieron, no pudo dejar de pensar que aquello tal vez era un mal presagio. Su madre le había regalado las cuentas de madera de sándalo cuando se licenció en la universidad, poco antes de su muerte, aconsejándole que las usara a menudo y bien. Al principio Larbi las había llevado en el bolsillo, pasándolas entre los dedos después de cada oración, pero a medida que transcurrieron los años las usaba cada vez menos, hasta que un día acabaron decorando su coche. Ahora yacían desperdigadas, puntos ambarinos sobre las alfombrillas negras. Recogió todas las que pudo y las puso en el soporte para vasos; más tarde volvería a engarzarlas. Condujo el Mercedes por el camino hacia la tranquila calle bordeada de árboles. El tráfico era inusualmente escaso, aun cuando pasó ante los almenados muros de la fortaleza de Bab Roah.

En su oficina del Ministerio de Educación marroquí, abrió el *Al Alam* del día y pidió al *chauch* que le trajera un vaso de té de menta. Al cabo de unos minutos repasaría otro montón de expedientes, decidiendo dónde llevarían a cabo los profesores recién graduados sus dos años de servicio en la administración pública, pero de momento se tomó su tiempo para leer el periódico y beberse el té. Los titulares anunciaban una huelga de ferroviarios y otra subida en el precio de la leche y la harina, así que pasó a la página de los deportes.

Antes de que pudiera leer los resultados de fútbol del fin de semana, su secretaria le llamó para anunciarle que tenía una visita. Larbi dejó el periódico a un lado y se levantó para saludar a Si Tawfiq, un viejo amigo al que no veía desde hacía quince años (¿o eran catorce?). Habían vivido puerta con puerta en un nuevo edificio de pisos en el centro de Rabat, pero después de mudarse a las afueras, habían perdido el contacto. El señor Tawfiq entró en el despacho envuelto en su *bournous* blanco, incluso en un cálido día de septiembre como aquél. Después de haber intercambiado *salaams* y otras bromas, Tawfiq se aclaró la garganta.

–Se trata de mi sobrina. Acaba la carrera el verano que viene. –Sus ojos saltones, resultado de su hipertiroidismo, incomodaron a Larbi.

–Enhorabuena –dijo.

–Y quiere trabajar en Rabat –sonrió Tawfiq astutamente.

Larbi trató de esconder su incomodidad. Donde más maestros se necesitaban era en las ciudades pequeñas y en los pueblos perdidos de las montañas del Atlas.

–Esperaba que pudiera ayudarla –añadió Tawfiq.

–Me gustaría –empezó Larbi–, pero ahora tenemos muy pocos puestos en la ciudad. La lista de espera es así de grande. –Separó las manos como si estuviera hablando de la guía telefónica.

–Entiendo –dijo Tawfiq–. Por supuesto, trataríamos de hacer todo lo posible para ayudarle a usted.

Larbi se acarició las puntas de su fino bigote, retorciéndolas hacia arriba. No le importaba ser sobornado de vez en cuando, pero recordó el presagio de aquella mañana.

–Por favor –dijo, alzando las palmas–. No es necesario. –Se aclaró la garganta y añadió débilmente–: Me gusta estar a disposición de todos los maestros. Pero es que hay tanta gente que quiere lo mismo que resulta imposible conseguirles a todos el puesto de trabajo que desean.

Tawfiq pareció decepcionado, y se quedó mirándolo fijamente durante un largo momento.

–Entiendo –dijo–. Por eso he venido a verle.

Larbi suspiró. No quería desilusionar a su amigo. Además, ¿qué sentido tenía negar un favor a un director de la Sureté Nationale?

–Veré lo que puedo hacer –dijo al cabo de un instante. Hacer que el expediente de la sobrina de Tawfiq ascendiera en la lista requeriría un manejo creativo de los papeles. Tendría que ser discreto.

Más tarde, Larbi giró en su silla y apoyó los pies en el escritorio, cruzándolos por los tobillos. Miró por la ventana hacia la fila de eucaliptos que había fuera y pensó de nuevo en su madre, cuyo benévolo rostro se le apareció. Encendió un Marlboro e inhaló lentamente. Los tiempos eran distintos ahora. Él no había creado el sistema; sólo se adaptaba, como todos los demás. Volvió el rostro hacia el montón de expedientes.

Cuando Larbi llegó a casa aquella noche, le esperaba una agradable sorpresa en la consola: una de las pocas cartas que recibía de su hijo Nadir, que estaba estudiando ingeniería electrónica en Quebec. Entró en la sala y se sentó en uno de los sofás de cuero, quitando de en medio un cojín rosa de seda. Dos años antes, su hija Noura se había puesto a pintar en seda y, además de cojines, había hecho chales, pañuelos y acuarelas. El resultado de su trabajo estaba desperdigado por toda la casa. Larbi creía que había tomado un verdadero interés en las artes decorativas, pero todo acabó en un simple capricho del instituto, y los pinceles y frascos de pintura que ella insistió en comprar estaban ahora en una bolsa de plástico debajo del fregadero de la cocina.

Abrió la carta. Aquellos días Narbi sólo mandaba apresurados *e-mails* con escasos detalles sobre la vida en la universidad. Cuando escribía auténticas cartas a sus padres, era para pedir dinero. Esta vez no era diferente: quería 10.000 dirhams para comprar un nuevo portátil. Larbi negó con la cabeza. Nadir probablemente se lo gastaría en CD o en un fin de semana fuera de la ciudad. Pero a él no le importaba mientras el chico fuera bien en sus estudios, como así era. Le gustaba pensar en el futuro de su hijo y en la posición que podría ocupar con un título de ingeniero, sobre todo extranjero.

Larbi fue por el pasillo hasta la habitación de Noura. Pensó por un momento que ella no estaría en casa, porque su aparato de música no estaba emitiendo *rock* a todo volumen como solía ocurrir, pero oyó voces, así que llamó. Noura abrió la puerta. Llevaba vaqueros y una camiseta negra con el nombre de un grupo de *rock* en letras brillantes. Le caía el pelo en una cascada rizada por los hombros. Miró su reloj.

–¿Ya son las seis y media? –dijo con voz sorprendida.

–Mira lo que tengo para ti –dijo Larbi, tendiéndole unas revistas que había comprado de camino a casa.

–Gracias, papá –dijo ella. Cogió las revistas y cuando se hizo a un lado para dejarlas en su escritorio, él vio a su amiga, que estaba sentada en la silla junto a la ventana, con las manos juntas sobre el regazo. Llevaba un jersey gris lleno de bolitas, una falda vaquera hasta la mitad del tobillo y el pelo cubierto con un pañuelo. Noura se la presentó como Faten Khatibi, una de sus compañeras de la universidad de Rabat. Se suponía que Noura debía ir a la universidad de Nueva York, pero sus notas en el examen TOELF no habían sido lo bastante altas, así que tenía que hacer un año de inglés en la universidad pública. Volvería a pedir plaza en diciembre. El retraso la había deprimido un poco y además se sentía sola; la mayoría de sus amigos del liceo privado francés al que asistía se habían marchado a universidades en el extranjero.

Larbi entró en la habitación y le tendió afablemente la mano a Faten, pero ésta no la cogió.

–Perdone –dijo. Sus ojos se volvieron hacia Noura y sonrió. Larbi dejó caer la mano torpemente a un lado.

–Bueno –dijo. Hubo una pausa incómoda. No sabía qué decir–. Os dejo solas.

Cuando iba hacia la cocina a buscar algo de beber, oyó una llave en la puerta. Era su esposa Salma, con su bolso de cuero en una mano y un montón de camisas planchadas en la otra.

–Siento llegar tarde –dijo–. El juez hizo un largo receso.

Larbi le cogió las camisas, dejándolas sobre una silla en el recibidor. Le preguntó que quién era la amiga de Noura. Salma se encogió de hombros.

–Alguien que ha conocido en clase.

–No es el tipo de chica que he visto con ella antes.

–¿Quieres decir que no es una *enfant gatée*? –Salma le lanzó una sonrisita irónica. Tenía poca paciencia con las amigas de Noura, niñas de colegios privados que se pasaban la mayor parte del tiempo preocupándose por su ropa y sus coches. Hacía años, Salma no había aprobado la idea de que Noura fuese a una escuela francesa, y Larbi a veces se sentía culpable de que su propia hija no formase parte del sistema educativo que él contribuía a administrar. Pero había insistido; su hija tenía muchas posibilidades y quería que triunfara. Sin duda, incluso una idealista como Salma podría entenderlo.

–Es que no quiero que se mezcle con gente rara –dijo él.

–No pasa nada –repuso Salma, echándole la mirada de mujer de mundo que adoptaba de vez en cuando y que a él le irritaba en grado sumo; que participara en varios casos al año voluntariamente y trabajara en la Asociación Marroquí Pro Derechos Humanos no significaba que supiera más que Larbi.

Faten se convirtió en una visitante regular de la casa de Larbi. Él se acostumbró a ver su figura velada en el pasillo y sus zapatos de suelas gruesas y curvadas delante de la puerta de Noura. Ahora que su hija pasaba tanto tiempo con ella, Larbi veía los partidos de fútbol del sábado por la tarde solo. Esta semana, sus amados

FUS de Rabat jugaban con sus eternos rivales, los Widad de Casablanca. Salma, para quien el fútbol era sólo ligeramente más emocionante que esperar a que hirviera el agua para el té, se fue a echar una siesta. En el intermedio Larbi fue a la cocina para coger una cerveza y oyó la voz de Faten:

–La injusticia que vemos cada día –decía– es prueba suficiente de la corrupción del rey Hassan, el gobierno y los partidos políticos. Pero si hubiéramos sido mejores musulmanes, quizá esos problemas no hubieran caído sobre nuestro país ni sobre nuestros hermanos en cualquier otra parte.

–¿Qué quieres decir? –preguntó Noura.

–Sólo purificando nuestros pensamientos y nuestras acciones...

Larbi avanzó unos pasos por el pasillo hacia la puerta abierta de Noura, que ella cerró rápidamente en cuanto lo vio. Él volvió a la sala, donde fumó sus Marlboros, bebió más cerveza y apenas prestó atención al resto del partido.

Inmediatamente después de que Faten se marchara, Larbi llamó a la puerta de su hija para preguntarle de qué habían hablado. Estaba de pie junto a ella, que frunció la nariz cuando él habló. Él advirtió que el aliento le olía a alcohol y retrocedió un poco.

–De nada, papá –dijo ella.

–¿Cómo puedes decir que de nada? Ha estado aquí un buen rato.

–Sólo estábamos hablando de problemas en el colegio y esa clase de cosas. –Se dio la vuelta y, de pie tras su escritorio, ordenó unos cuadernos.

Larbi avanzó.

–¿Qué problemas?

Noura le echó una mirada de sorpresa, se encogió de hombros y luego se concentró en meter CD en sus estuches. En la pared sobre su escritorio había una pintura en seda de una peonía, con las hojas abiertas y lánguidas, y el centro blanco y rosa. Él se quedó de pie, esperando.

–Me estaba diciendo que el año pasado algunos estudiantes no asistieron a los exámenes finales, pero sin embargo aprobaron. Supongo que sobornarían a alguien en la facultad.

–¿Qué sabe ella de esas cosas? –preguntó Larbi frunciendo el ceño.

La chica suspiró.

–Tiene experiencia de primera mano. Suspendió el año pasado.

–Quizá no trabajara lo suficiente.

Noura lo miró y dijo en un tono que quería zanjar el tema:

–Tampoco los chicos que aprobaron.

–No puede culpar a otros de su fracaso.

Noura se recogió el pelo en una coleta. Sacó unos pantalones anchos y una camiseta de su cómoda con tapa de mármol y se quedó de pie, con los brazos en jarras, esperando.

–Tengo que ducharme.

Larbi examinó la cara de su hija, tan impasible como una máscara de plástico. Abandonó la habitación.

Salma seguía durmiendo cuando él entró en el dormitorio. Se sentó en la cama, frente a ella. Los párpados de Salma se agitaron. Sin esperar a que se despertara del todo, Larbi dijo:

–Noura no puede seguir viendo a esa chica.

–¿Qué? –dijo su mujer abriendo los ojos–. ¿De qué estás hablando? –Ya estaba frunciendo el ceño, aunque estaba dispuesta a analizar la situación y dar una respuesta adecuada.

–No creo que sea buena idea. Acabo de oírlas hablando de política ahora mismo.

–¿Y?

–No me mires con esa cara, Salma. Sabes exactamente a lo que me refiero. No quiero que se meta en nada. Si alguien en la escuela las oye hablar así sobre el rey, pueden tener problemas.

Salma suspiró y se levantó.

–Creo que Faten es una buena influencia para Noura, francamente. Nuestra hija tiene que saber lo que está pasando a su alrededor.

–¿Qué quieres decir?

–El mundo no gira sólo en torno de la moda y el cine.

–¡Ella puede mirar sola a su alrededor! ¿Para qué necesita a esa chica?

–Mira, Noura se va a finales de curso de todas formas, así que dudo que se sigan viendo después. –Se ajustó el vestido y se enderezó el cinturón–. Estás haciendo una montaña de un grano de arena –dijo. Era el tipo de mujer a la que le gustaba terminar las discusiones con un refrán.

Larbi negó con la cabeza.

–Por cierto –añadió ella–, no te vas a creer quién ha llamado esta mañana: Si Tawqif. ¿Lo recuerdas?

–Claro –dijo Larbi, levantándose. Ya había decidido ayudarle en el asunto de su sobrina–. Le devolveré la llamada.

A medida que pasaban las semanas, Noura parecía cada vez más absorta en sus libros. Un sábado de octubre por la tarde, Larbi le preguntó si quería ir al teatro. Era una representación de un cómico que había estado prohibido durante unos años y hacía poco le habían permitido volver a actuar. El teatro estaría lleno. Él pensó que a su hija le vendría bien un descanso entre tanto estudio.

–Tengo que escribir una redacción –dijo ella. El suave sonido de la recitación coránica surgía de su minicadena.

–Te lo vas a perder –contestó Larbi. No era la primera vez que Noura rechazaba una salida. La semana anterior no había ido a la final de un partido de tenis y dos semanas antes había rehusado acompañarlos a la boda de su primo segundo. Siempre había sido buena estudiante, pero él no entendía por qué trabajaba tanto ahora. Se suponía que era un año fácil, sólo para mejorar su inglés. Tendría mucho tiempo para estudiar al año siguiente en Nueva York.

–Vamos –la animó él–. Pasa un rato con tu padre para variar.

–Vale, Baba –dijo Noura.

De camino al teatro, Larbi la observó por el retrovisor.

–No llevas maquillaje –comentó.

Salma rió.

–No me digas que te preocupas por su delineador de ojos –dijo Salma.

–Sólo es un comentario. Al fin y al cabo, vamos al teatro.

–¿Por qué iba a maquillarme para gustar a otras personas? –repuso Noura indignada.

Salma bajó el espejo del asiento del pasajero y miró a su hija en él.

–Pensé que te gustaba hacerlo por ti.

Noura se mordió sus uñas sin manicura, ladeando la cabeza de un modo que podía significar tanto sí como no, y luego se encogió de hombros.

El espectáculo del cómico era una mezcla de mordiente sátira y números de musical, pero aunque todos los que tenía a su alrededor se reían, Larbi no lograba relajarse. Quería hablar con Noura, aunque temía que ella le volvería a decir que no pasaba nada.

Al día siguiente, Larbi esperó a que su hija se fuera a clase para deslizarse en su habitación, no muy seguro de lo que quería buscar. Las ventanas estaban abiertas y el sol formaba manchas de árboles en el suelo. Se sentó en la cama. Le llamó la atención que estuviera hecha, con la colcha de ganchillo pulcramente remetida por los lados. Siempre había sido desordenada, y él a menudo bromeaba con que necesitaba una brújula para encontrar el camino de salida de su habitación. Ahora se sintió tonto al encontrar sospechosa su repentina pulcritud. Salma tenía razón, no había por qué preocuparse. Se levantó para marcharse, pero el color chillón de un libro de bolsillo sobre la mesilla de noche le llamó la atención y lo cogió. Versaba sobre política e islam. La calidad de la impresión era mala y el texto estaba lleno de erratas tipográficas. ¿Cómo podía interesarle aquello a Noura? Volvió a dejarlo en la mesilla, donde había otro tomo, esta vez encuadernado en piel. Ladeó la cabeza para leer el lomo. Era *Ma'alim fi Ttariq*, de Sayyid Qtub, disidente egipcio y miembro de la Hermandad Musulmana. Dudó que Noura, que había sido educada en el Lycée Descartes, pudiera leer siquiera el complicado árabe clásico de un libro como aquél, pero su presencia le hizo registrar la habitación en busca de otras pistas. Junto a su estéreo encontró un montón de cintas, y cuando puso una, resultó un largo comentario sobre jurisprudencia, salpicado de breves diatribas sobre la moral laxa de los jóvenes. No encontró nada más fuera de lo normal.

Cuando Noura volvió a casa para comer, él la estaba esperando en la sala.

–¿Qué es esto? –preguntó, sosteniendo en alto el libro de Sayyid Qtub.

–¿Has estado husmeando entre mis cosas? –repuso Noura, con cara de sorpresa y enfado.

–Escúchame. Sólo te lo diré una vez: no volverás ver a esa Faten.

–¿Por qué?

–No me gusta lo que te está haciendo.

–¿Qué me está haciendo, Baba?

–No quiero que esa chica vuelva a entrar en mi casa. *Safi*.

Noura le lanzó una mirada asesina, se dio la vuelta y se marchó. Cuando la criada sirvió la comida, la chica dijo que no tenía hambre. A Larbi no le importó. Mejor una niña malhumorada que una que se mete en líos.

Sólo unas semanas más tarde, el día antes del Ramadán, Noura anunció sus planes. Salma estaba entrando y saliendo de la cocina, donde la criada tostaba semillas de sésamo en el horno para los pasteles *briwat* que iba a preparar para el mes santo. Larbi miraba unas fotos que había mandado Nadir del piso al que se acababa de mudar con un amigo, y se sentía más divertido que molesto al no ver ningún rastro del portátil que el chico había dicho necesitar.

–Lo mimas demasiado –dijo Salma.

–Va a sacar su máster –contestó Larbi.

Noura entró en el comedor y se sentó ante la mesa del desayuno.

–He decidido empezar a llevar *hiyab* –dijo. Salma alargó la mano para coger la de su hija y volcó la taza de café. Apartó su silla de la mesa y con la servilleta limpió el mantel manchado.

–¿Qué? ¿Por qué? –preguntó Larbi, dejando caer las fotos sobre la mesa.

–Porque Dios lo quiere así. Lo dice en el Corán –contestó Noura.

–¿Desde cuándo citas el Corán? –replicó él, forzándose a sonreír.

–Sólo hay dos versos que se refieren al pañuelo. Deberías tomarlos en su contexto –argumentó su madre.

–¿No creéis que el Corán es la palabra de Dios? –preguntó Noura.

–Claro que sí –dijo Larbi–, pero aquéllos eran otros tiempos.

–Pues si no estáis de acuerdo con el *hiyab*, no estáis de acuerdo con Dios.

El tono seguro de su voz le asustó.

–Y tú tienes línea directa con Dios, ¿verdad? –dijo él.

Salma alzó la mano para detener a su marido.

–¿Qué se te ha metido en la cabeza? –preguntó a su hija. Noura bajó la vista. Siguió el complicado dibujo rojo de la alfombra con el dedo del pie–. Esos versos se refieren a la modestia –continuó Salma–. Y además, eran los tiempos paganos de la *jahiliya*, no el siglo veintiuno.

–Los mandamientos de Dios valen para cualquier época –replicó Noura ceñuda–. Y en algunos sentidos, seguimos viviendo en la *jahiliya*. –Sus padres se miraron. Noura tomó aliento–. Las mujeres son acosadas continuamente por las calles de Rabat. El *hiyab* es una protección.

Salma abrió la boca para responder, pero no surgió ningún sonido. Larbi sabía que su mujer estaba pensando en esos jóvenes con ojos ávidos, en cómo silbaban cuando veían a una chica bonita y en que nunca molestaban a las que llevaban pañuelos.

–¿Y qué? –dijo Larbi, con la voz ya un poco alta. Se levantó–. ¿Si los hombres no saben comportarse, entonces mi hija tiene que cubrirse? Se supone que deben apartar los ojos. Eso también lo dice el Corán, ya lo sabes.

–No entiendo qué problema hay –dijo Noura–. Esto es una cosa entre Dios y yo. –Se levantó también y ambos se miraron fijamente por encima de la mesa. Luego, Noura abandonó el comedor.

Larbi estaba impresionado. ¡Su única hija, vestida como cualquier campesina ignorante! Pero es que ni siquiera las campesinas se vestían así. No estaba hablando de llevar un traje típico cualquiera. No, quería el uniforme de la nueva raza de los de la Hermandad Musulmana: pañuelo ceñido alrededor de la cara, severa expresión en los ojos. Su preciosa hija. Parecería una de esas alborotadoras que se ven en las noticias en directo, con los ojos encendidos, chillando como posesas con los puños alzados. Pero, trató de convencerse, quizá no era más que un interés pasajero, quizá pronto lo olvidaría. Después de todo, Noura ya había tenido otros intereses. Había sido una ferviente antitabaquista. Le tiraba sus cigarrillos cuando él no estaba, recortaba fotos de pulmones negros de alquitrán y las pegaba en la puerta de la nevera. Al final se había cansado y lo dejó en paz. También había tenido una serie de aficiones a las que se había dedicado con asombrosa pasión, pero las había abandonado unos meses más tarde sin razón aparente: diseñar joyas, coleccionar cajas, la flauta, el lenguaje de los signos. Pero ¿y si esto era diferente? ¿Y si la perdía ante esta... ceguera que ella consideraba una clarividencia?

Pensó en el día, hacía ya mucho tiempo, en que casi la había perdido. Ella sólo tenía dos años. Había ido a pasar el día a la playa de Temara y Nadir había pedido un helado. Larbi llamó a uno de los vendedores ambulantes que iban y venían por la playa. Pagó los cucuruchos y le dio uno a Salma y otro a Nadir, pero cuando se dio la vuelta para darle a Noura el suyo, la niña había desaparecido. La buscaron durante horas. Él recordaba su cara ardiente al sol, la vena en su cuello que latía de miedo y preocupación, los pies hinchados de tanto caminar por la arena. Recordaba las lágrimas que anegaban el rostro de Salma mientras buscaban por la playa. Finalmente, una señora llevó a la desorientada pero ilesa niña a la comisaría. Noura se había ido a recoger conchas y la señora había tardado un buen rato en darse cuenta de que aquella niña que se había sentado silenciosamente en las rocas estaba sola. Él se prometió entonces que nunca la perdería de vista, pero el terror que había sentido aquel día volvió de repente y su peso le hizo sentarse en su silla, con la cabeza entre las manos.

Momentos más tarde, Larbi oyó los pasos de su hija en el pasillo. Pudo verla delante del espejo, con su rostro pecoso vuelto hacia la luz que procedía de la sala, colocándose un pañuelo sobre la cabeza, atándolo bajo la barbilla de modo que le cubriese completamente el pelo. Antes de pensar en lo que estaba haciendo, se acercó a ella y le arrebató el pañuelo. Noura soltó un grito. Salma se levantó de la mesa, pero no acudió en ayuda de su hija.

–¿Qué haces? –gritó la chica.

–No vas a salir así. –Larbi arrojó el pañuelo al suelo.

–¡No puedes impedírmelo!

Larbi no respondió. Sabía que ella tenía razón, por supuesto, que no podía mantenerla bajo llave sólo porque quisiera vestirse como la mitad de la población femenina de la ciudad. Noura recogió su pañuelo y volvió a ponérselo en silencio. Dijo adiós y se marchó. Larbi se volvió hacia su esposa, cuya cara mostraba la misma expresión asombrada que cuando Noura había hablado por primera vez.

En la primera noche del Ramadán, Salma sacó su mejor porcelana y puso ella misma la mesa. Había enviado a la criada a su casa para que celebrase la fiesta con su familia. Uno a uno, sirvió los platos que habían preparado para aquel día: sopa de *harira* con cordero, *beghrir* endulzado con miel, *shebbakiya* de sésamo, dátiles rellenos de mazapán y una bandeja de frutos secos. Larbi llamó a Noura y le dijo que era hora de comer; luego se sentó a esperar el *Adhan* del muecín, el momento en que el día se convertía en crepúsculo, cuando terminaba el ayuno y podían comer. Finalmente, Noura se asomó al umbral del comedor y permaneció indiferente. Larbi miró su hermoso cabello, sus rizos sueltos que le bajaban por los hombros. Era un recordatorio de lo que ella había decidido hacer.

El locutor de la televisión dijo que el sol se estaba poniendo; la llamada a la oración resonó inmediatamente después. Salma le hizo un gesto a Noura.

–Siéntate para que podamos comer.

–Sólo romperé el ayuno con agua. Comeré después de que haya dicho la oración *Maghrib*.

Salma miró a su esposo.

–Muy bien –dijo él.

Noura añadió:

–Se supone que debemos tomar comidas frugales durante el Ramadán, no esta orgía gastronómica. –Señaló el festín que su madre había preparado.

Larbi perdió el apetito. Deseó fumarse un cigarrillo y tomarse una copa fuerte, preferiblemente whisky. Por supuesto, no habría un lugar en la ciudad donde vendieran alcohol durante los veintinueve días siguientes. Tragó saliva. Iba a ser un largo Ramadán.

–Te esperaremos –dijo.

Noura se volvió para marcharse, pero luego retrocedió.

–Bueno, quizá sólo un trocito de *shebbakiya* –dijo, y tomó un saludable bocado del dulce.

–¿No decías que era demasiada comida? –preguntó Salma.

La familia comió en silencio. En años anteriores, esa primera noche solía ser especial; amigos y familia se sentaban alrededor de la mesa, compartiendo historias sobre su ayuno y disfrutando de la comida, pero últimamente Larbi estaba demasiado preocupado para invitar a nadie.

Había sido un año más de sequía; estaban a finales de noviembre y aún no había llovido nada. Al mirar su calendario de mesa, Larbi se dio cuenta de que se acercaba la fecha límite para hacer la solicitud de ingreso en la universidad de Nueva York. Pensó que al menos tenía que ocuparse del futuro de Noura, aunque el presente fuera difícil. Como ella había adoptado el *hiyab*, él había dejado de mencionarla en el trabajo. No le parecía adecuado tener una hija con pañuelo, y sólo contestaba con monosílabos a cualquiera que le preguntara por su hija en el ministerio.

A la vuelta del trabajo, la encontró en su habitación con su madre, muy ocupada en colgar unas cortinas nuevas. Él preguntó si podía leer su trabajo antes de que ella lo enviara.

–No voy a presentarme –dijo ella. Deslizó el último anillo de la cortina en un palo color caoba.

Larbi la miró con ceño.

–¿Por qué no?

–Porque quiero dejar la universidad a finales del año que viene. Voy a ser maestra de enseñanza media.

–¿Qué ha pasado con tus proyectos de estudiar economía? –preguntó Salma, sentándose.

–Marruecos me necesita. Vosotros siempre habláis de la falta de maestros.

–¿Has perdido la cabeza? Tú sola no vas a resolver el problema de la falta...

–¿Es tan absurdo querer ayudar a mi país? –Se volvió y se encaramó a su escritorio para colgar el palo en los soportes.

–Mira, serás de más ayuda como economista que como maestra de escuela –repuso Larbi–. Es esa amiga suya –añadió, mirando a su esposa–. Le ha llenado la cabeza con esas ideas y ahora no puede pensar por sí misma.

–Nadie me está llenando de nada la cabeza –dijo Noura, de pie junto a la ventana, con la última luz de la tarde reflejándose en su pelo–. Actualmente hay demasiada corrupción en el sistema y yo quiero aportar mi granito de arena para que las cosas mejoren. –Larbi se preguntó si se referiría a él. No, eso era imposible. Siempre había mantenido sus tratos en secreto ante su mujer y su hija. Aun así, prefirió no responder. Noura bajó de un salto del escritorio–. Además, ¿por qué ir a una universidad en Estados Unidos si puedo estudiar aquí?

–Por la experiencia, niña –replicó Salma.

–¿Y creéis que la gente de América va a aceptarme? –replicó Noura, alzando la voz–. Los americanos nos odian.

–¿Cómo lo sabes si no has estado allí? –preguntó Salma–. Tu hermano nunca se ha quejado. ¿Por qué no hablas con él?

–Está en Canadá –precisó Noura, como si su madre no supiera distinguir entre un país y otro.

–¿No te dice tu islam que escuches a tu padre? –repuso Larbi.

–Sólo si mi padre está en el buen camino.

–Enhorabuena, pues. Tú eres la única que va por el buen camino –dijo él.

–*Baraka!* –dijo Salma. Se levantó–. ¿Y todos estos años que has pasado estudiando inglés? ¿Y todos los planes que tenías?

–De verdad quiero ser maestra –insistió Noura.

–Piensa con cuidado lo que vas a hacer, *ya* Noura. La gente de tu edad haría cualquier cosa por una oportunidad como ésta y tú quieres desperdiciarla.

–Quiero quedarme en mi país –se obstinó Noura, y tiró de las cortinas nuevas para cerrarlas.

A Salma se le ocurrió invitar a Faten a cenar. Larbi estuvo de acuerdo, de mala gana al principio y luego resignado, pensando que quizá podría insuflarle a su hija algo de sentido común si entendía un poco mejor a la amiga de ésta. Era sábado por la noche y la mesa estaba puesta con la vajilla nueva que había comprado Salma. Larbi se sentó a la cabecera de la mesa, con su hija a su izquierda y su esposa a su derecha, bajo la silueta enmarcada de una versión más joven de sí misma. Durante su luna de miel en París, hacía unos veinticuatro años, habían ido a Montmartre, donde un artista les había propuesto recortar sus siluetas. Armado de sus tijeras, el anciano había dotado a Salma de un busto más generoso, y ella rió y le dio una buena propina.

Faten se sentó frente a Larbi, en el otro extremo de la mesa, con aspecto sereno y satisfecho. Tenía ojos color ámbar, labios carnosos y una piel tan clara que parecía como si toda la luz de la habitación convergiera en ella. En otras palabras, estaba muy hermosa. Eso puso de mal humor a Larbi. Dios es bello y ama la belleza, así que ¿por qué esconderse tras toda esa tela?

La criada sirvió el plato principal, un guiso de pollo con aceitunas negras y limones confitados.

–Gracias, ¿humm...? –dijo Faten, alzando la mirada.

–Mimouna –dijo la criada mirando a Larbi.

–Gracias, Mimouna –repuso Faten.

–Que le aproveche –dijo Mimouna sonriendo.

Larbi empezó a comer, echando de vez en cuando un vistazo a Faten. Se sentía levemente satisfecho al darse cuenta de que la chica mostraba una ligera falta de educación: había colocado el cuchillo sobre la mesa después de usarlo. Después de pasar un buen rato comiendo y tras los esperados cumplidos sobre la comida, Larbi se aclaró la garganta.

–¿Qué edad tienes, hija mía? –preguntó, adoptando su tono más amable.

–Diecinueve –respondió Faten.

–Noura me dijo que este año estabas repitiendo curso –dijo él.

Noura lanzó a su padre una mirada exasperada.

–Así es –contestó Faten.

–Lo lamento. Debe de ser duro.

Noura dejó el tenedor a un lado del plato con un golpe y apoyó la barbilla en la mano. Miró fijamente a su padre con enojo.

Salma intervino.

–¿Y eres de Rabat? –preguntó a Faten con tono afable.

–Nací aquí, pero crecí en Agadir. Hace sólo cuatro años que he vuelto.

–¿Y qué hacen tus padres? –preguntó Larbi.

–Vivo con mi madre. –Faten bajó la voz una octava–. En Douar Laja.

Salma le alcanzó la cesta del pan.

–Toma un poco más –dijo.

–Déjame preguntarte algo –prosiguió Larbi–. Si alguien te ofreciera la oportunidad de estudiar en Nueva York, ¿la aceptarías?

–Otra vez no –suspiró Noura. Pero parecía interesada en la respuesta de su amiga, pues se volvió hacia ella y esperó la respuesta.

Faten parpadeó.

–Nadie me va a ofrecer nada.

–Pero ¿si alguien lo hiciera?

–Querría saber por qué me hacen esa oferta. Nadie te da nada gratis. Ése es el problema con algunos de nuestros jóvenes.

Larbi intuyó que Faten se disponía a darles un sermón, por lo que llamó a la criada para que trajera más agua. Mimouna trajo otra botella y llenó el vaso de Faten, pero no el de Larbi.

–¿Qué piensas hacer después de licenciarte? –preguntó éste a Faten.

–Todavía no estoy segura. Todo está en manos de Dios.

–Noura quiere dejar el colegio, abandonar su proyecto de asistir a la universidad de Nueva York y dar clases por las aldeas.

Faten sonrió con aprobación.

–Hará mucho bien.

–¿No crees que un título extranjero sería mejor para ella?

–No, no lo creo. Pienso que es una lástima que siempre valoremos más los títulos extranjeros que los nuestros. Estamos tan ciegos por nuestra fascinación con Occidente que aceptamos gustosos entregarles los más brillantes de los nuestros en lugar de quedárnoslos aquí, donde los necesitamos.

–Si crees que dar clases en enseñanza media es la solución, ¿por qué no te unes a Noura? –preguntó Larbi.

–Puede que lo haga –dijo Faten con ligereza–, aunque, a decir verdad, no se me dan muy bien los niños. –El gesto de rechazo de su mano mientras hablaba encogió el corazón de Larbi. Estaba perdiendo a su hija por culpa de aquella chica que ni siquiera parecía preocuparse lo suficiente como para marcharse con ella. Faten apartó su plato–. Debe usted estar muy orgulloso –dijo.

De todas las cosas que podía haber dicho, aquélla fue la que más enfureció a Larbi. No dijo nada durante el resto de la comida, levantándose groseramente de la mesa antes de que se sirviera el té.

Estaba fuera fumando un cigarrillo cuando Salma abrió las puertas correderas y salió a la terraza. Se sentó en la silla de hierro forjado que había junto a él y ambos se quedaron mirando los jacarandás en flor que bordeaban la parte trasera del patio. Ella habló al fin:

–¿Qué vas a hacer? –Había un atisbo de acusación en su tono que hizo que Larbi quisiera gritar.

–¿Ahora quieres que haga algo? –repuso.

–No sabía que iba a llegar a esto.

Larbi dio una calada al cigarrillo.

–¿Qué crees pues que debo hacer, *a lalla*?

–No sé. Pero haz algo –dijo Salma.

Él no se atrevió a decirle que ya había pedido ayuda a Si Tawfiq y que su amigo le había dicho que no había informes policiales de Faten. Pertenecía a la Organización de Estudiantes Islámicos, pero la investigación no había revelado nada ilegal. Tawfiq dijo que no la perdería de vista. Lo único que podían hacer era esperar.

Los meses pasaron. La época de exámenes era un período de mucho trabajo en el ministerio, así que cuando Si Raouf se presentó en casa de Larbi, éste pensó que era por algún asunto de trabajo y esperó poder arreglarlo rápidamente y hacerle marchar antes de que surgiera el tema de Noura. Larbi conocía a Si Raouf de sus días como inspector de enseñanza. Raouf había sido maestro, pero finalmente había terminado su carrera de filosofía y ahora era profesor en el colegio de Noura. Aquel día Raouf tenía el aspecto exhausto que siempre mostraba en aquella época del año, cuando debía calificar cientos de exámenes. Salma sirvió ella misma el té, pero ninguno de los dos hombres tocó su vaso.

–Es Noura, Si Larbi –dijo Raouf, desviando intermitentemente los ojos, con voz teñida de nerviosismo–. Le pasó una nota a alguien.

A Larbi se le encogió el estómago.

–No..., no entiendo –susurró.

–A una de las alumnas. Se llama Faten Khatibi. Ella le pasó un papel a Noura con las preguntas y ella se lo devolvió con las respuestas.

–¿Copió en el examen? –Salma parecía incrédula.

–Ayudó a copiar a alguien –precisó Raouf, en un esfuerzo por suavizar el golpe–. Eso es motivo de expulsión. Pero somos amigos y pensé que debía advertirte. Si ocurre con otro profesor, puede ser un problema.

Larbi lo acompañó hasta la puerta y se despidieron. Volvió hacia la habitación de Noura y abrió la puerta de golpe, sin llamar. Salma le seguía. Noura estaba sentada a su escritorio. Él la agarró por el brazo y ella se puso de pie.

–Has hecho trampa en los exámenes. ¿Así es como nos pagas todos los sacrificios que hemos hecho por ti? –la acusó Larbi.

–¿Q... qué?

–¿Cómo voy a poder dar la cara en el ministerio? –gritó él–. ¡Mi propia hija copiando en los exámenes!

–Sólo traté de ayudar a Faten. Ella no sabía las respuestas...

–¿Ayudarla? ¿Crees que se trata de un juego de palabras? –terció Salma–. No la ayudaste. Hiciste trampa.

–No..., no pude negarme. Me lo suplicó.

–Nos das lecciones sobre el bien y el mal, y luego haces trampa en los exámenes. ¿Has abierto alguna vez el Libro Sagrado o lo aprendes todo de segunda mano a través de Faten? –preguntó Salma.

–Si vuelvo a oír una sola palabra acerca de esa dichosa chica, por Dios, te encierro en tu habitación –espetó Larbi–. No quiero que haya la menor mancha en la reputación de mi familia, ¿me oyes?

–Todo el mundo hace trampa. ¡Todo el mundo! –Noura le miró a los ojos, y él no pudo sostener la mirada. Él siempre mantenía en secreto los favores que les hacía a sus amigos, pero ahora sospechó que ella sabía algo.

–Eso no quiere decir que esté bien –arguyó Salma.

Después de aquello, Noura se encerró en su habitación dos días. Reapareció sólo para ver un programa de televisión sobre religión y jurisprudencia llamado *Pregunte al Mufti*. Nunca se perdía un episodio. Entró y se sentó en la sala cuando el programa ya había empezado, con los ojos fijos en la pantalla. La gente llamaba con diversas preguntas, desde las serias («¿Cuál es la manera adecuada de calcular la limosna del *zakat*?») hasta las más sencillas («¿Cómo termino la peregrinación?»), y Noura lo veía todo. Aquel día alguien llamó para preguntar: «¿Se pueden usar los enjuagues bucales aunque contengan alcohol?». Noura miró al anciano *mufti* con expectación. Salma cogió bruscamente el mando a distancia y cambió de canal. Cuando Noura soltó una exclamación de sorpresa, su madre dijo:

–No puedo creer que te interesen detalles idiotas sobre los enjuagues bucales y no veas lo que hay de malo en hacer trampa en los exámenes.

Larbi rió, pero se sintió abrumado por la amargura. Si pudiera apartar a aquella maldita chica de su hija, quizá sería capaz de convencer a Noura de que fuera a visitar a su tía a Marrakech; una estancia en la ciudad sureña le vendría muy bien. Pero primero tendría que solucionar lo de Faten de una vez por todas. Cogió el teléfono. Los exámenes seguían corrigiéndose, y aún había tiempo para actuar. Necesitaba a alguien de confianza para tratar con Faten, y sabía que Raouf no le defraudaría.

Larbi se sentó ante el tocador de su esposa para recortarse el bigote mientras ella doblaba ropa limpia. De pronto se sintió nostálgico y quiso preguntarle sobre aquellos días embriagadores de los setenta en los que ambos eran jóvenes, el mundo se abría ante ellos y soñaban con arreglarlo. Él había empezado a trabajar como educador y ella como abogada, pero mientras ella seguía tratando de ayudar a sus clientes cada día, él había ingresado en la administración y no había sabido resistirse a su endémica corruptela. Quería entender qué le había pasado. Sentía que había fracasado, aunque ignoraba cómo había ocurrido. Llamaron a la puerta. Era Noura.

–He aprobado el examen –anunció sonriendo.

–*Mbarek u messud* –dijo Salma con mera formalidad, y siguió doblando ropa. Normalmente, habría abrazado a Noura, habría colocado la mano en el labio superior y dado gritos de alegría, pero en ese momento no parecía más feliz que si su hija le hubiera dicho que había conseguido colgar bien un cuadro.

–Baba, tengo que pedirte un favor –dijo la chica. Larbi dejó las tijeras a un lado y se volvió hacia ella–. Ha habido un problema. Faten ha suspendido... –Su voz vaciló.

–¿Y? –repuso él, sin sorprenderse.

–Bueno, ya había suspendido el año pasado, así que esto significa que será expulsada. No sabe qué hacer.

Salma se enderezó con una percha en la mano y señaló a Noura con ella.

–¿Adónde quieres ir a parar? –preguntó.

–¿Qué va a ser de ella? Hay muchos licenciados sin empleo, pero sin un título sus oportunidades de encontrar trabajo... Es tan injusto...

–No entiendo qué tiene eso que ver conmigo –dijo Larbi.

–Pensé que quizá podrías arreglarlo. Tienes contactos, y ella me ha pedido que te pregunte si puedes ayudarla. –Apartó los ojos de él un instante y luego volvió a mirarle.

Su padre sonrió amargamente. Allí estaba la purista, la de la línea dura, la activista anticorrupción, pero al final quería que su amiga recibiese un tratamiento especial, igual que todos.

–¿No se habla ya de meritocracia? –repuso. Noura bajó la vista. Él hizo una pausa para saborear la victoria, por muy efímera que fuese. ¿Cuántas veces le había gruñido ella cuando él le decía que se quitase aquel maldito pañuelo y fuese otra vez la de antes? ¿Qué había sido de su sueño de verla con la toga y el birrete de la universi-

dad de Nueva York? Le dolía el corazón sólo de pensarlo.
Ahora le tocaba a ella pedir–. No creo que sea posible.
Supondría quebrantar la ley. Totalmente antiislámico,
como sabes muy bien –añadió.

–Si juegas con fuego, te quemas –sentenció Salma,
cerrando la puerta del armario.

Noura la miró furiosa y se marchó de la habitación.

Larbi se giró en el taburete y contempló su reflejo en
el espejo. Él también había jugado con fuego y quizá ya se
hubiera quemado. Cuando fue a coger las tijeras, vio una
bolsita de terciopelo entre los frascos de perfume. La
cogió y la abrió. En ella estaban las cuentas de oración
que se le habían roto hacía años y que Salma, al parecer,
había guardado allí. No pudo evitar pensar en su madre,
para la que virtud y religión iban de la mano, en un
tiempo en que él también creía en que semejante empa-
rejamiento era natural.

–Sé que no debería alegrarme por la desgracia de
alguien –dijo Salma–. Pero me alegro de que Faten haya
sido expulsada. Al menos ahora Noura no la verá tanto en
el colegio.

¿En qué me equivoqué?, pensó Larbi. Siempre se
había desvivido por su hija. ¿Qué había ido tan mal en la
vida de la chica? Lo tenía todo y era feliz. ¿Por qué había
tenido que volverse hacia la religión? Quizá fueran sus
ausencias del hogar, se dijo, su afición a la bebida, o
quizá fueran todos los sobornos que aceptaba. Podía ser

cualquiera de esas cosas. Él era culpable hasta cierto punto. O quizá no había sido ninguna de esas cosas. Al final no importaba, había vuelto a perderla, y esta vez no se atrevió a esperar que nadie se la devolviera.

–¿Crees que servirá de algo? –preguntó a su esposa.

Salma movió la cabeza.

–No lo sé.

Viajes en autobús

El día después de que Maati la azotara con un cable, Halima Bouhamsa reunió algo de ropa y cogió el autobús hasta casa de su madre en Sidi Beliout, cerca de la vieja medina de Casablanca. El cable le había dejado verdugones amoratados en los brazos y la cara, que no podía esconder bajo su bata. Llegó a la puerta del pequeño apartamento con un paquete de té La Ménara como regalo, y vaciló un momento. Su madre no se alegraría de verla, pero ella no tenía otro sitio adonde ir. Llamó.

–¿Otra vez? –dijo su madre Fatiha.

Halima ni siquiera asintió. Pasó junto a ella y entró en el apartamento, donde el olor a naftalina de la limpieza de la semana anterior pendía en el aire. A través de las persianas cerradas entraban rayos de luz, formando una cuadrícula borrosa en el suelo desnudo. En la pared más alejada había una fotografía del padre de Halima, la única herencia que había dejado después de años de luchar contra el cáncer de pulmón. En una esquina había un televisor portátil, regalo de los hermanos de Halima, ambos emigrados a Francia. Dejó caer la bolsa en el suelo y se dirigió a la estrecha cocina.

–¿Qué ha pasado esta vez? –preguntó Fatiha.

–Se bebió el dinero del alquiler. –Halima se quitó su chilaba, dejando ver un vestido con estampado de cachemir y el cinturón azul que rodeaba su estrecha cintura. Tenía veintinueve años, pero las ojeras y sus hombros hundidos la hacían parecer mucho mayor. Se sentó en un taburete y apoyó la barbilla en las manos.

Fatiha encendió la cocina de butano y puso agua a calentar.

–Dios está con aquellos que son pacientes –dijo.

Halima se preguntó si lo único que Dios quería de Su pueblo era paciencia. ¿No había sufrido ya bastante? Estaba segura de que Dios también quería que Su pueblo fuera feliz, pero no se le ocurrió una frase hecha para contestar, como siempre hacía su madre.

El calentador de agua silbó. Fatiha preparó una tetera de té de menta y lo sirvió en la mesa baja y redonda. Halima rodeó su vaso con las manos irritadas.

–Si no le doy dinero para beber, me lo roba.

–Una mujer tiene que saber manejar a su marido –dijo Fatiha con tono de reproche. Se sentó; su amplio trasero rebosaba por los lados de la silla–. Mira, voy a conseguirte una pócima de una nueva hechicera a la que fui el otro día. Asegúrate esta vez de que se lo pones a Maati en la comida. Se volverá como arcilla en tus manos. Podrás hacer con él lo que quieras.

–Tu magia no funciona.

–Eso es porque no sigues mis instrucciones.

–Quiero el divorcio.

Fatiha se golpeó el muslo con la mano, vertiendo té en la mesa.

–Maldito sea Satanás –dijo–. ¿Cómo vas a dar de comer a los niños? –Limpió el té derramado con un trapo húmedo.

–Ya lo estoy haciendo. ¿Crees que podría alimentarlos con lo que él me da?

Maati se ganaba la vida como chófer de un hombre de negocios del centro de la ciudad, pero quedaba muy poco dinero cuando pagaba su cuenta en el bar. Halima había cogido un trabajo de limpiadora dos días a la semana y ganaba dinero extra vendiendo bordados a vecinos y amigos. Miró a su madre con una mezcla de desafío y expectación.

–Niña, ten paciencia con tu hombre –dijo Fatiha–. Mira lo que le pasó a Hadda. –Hadda era la vecina de Halima en la aldea de Zenata. Su marido se había liado con otra mujer, pero se negaba a divorciarse de ella. Ella había acudido a los tribunales, pero él no había comparecido en ninguna de las vistas–. Ahora vive sola. No está ni casada ni libre para volver a casarse.

–Mejor que vivir con un hijo de puta.

–¿Lo ves? Por eso te pega. Le contestas.

Halima soltó un largo suspiro, pero su madre no se inmutó. Fatiha se levantó y pasó un trapo por el microondas nuevo que sus hijos le habían traído en su última visita. Colocó bien el pañito bordado que le había puesto encima.

–Yo no soy como Hadda –dijo su hija.

–Eso es verdad. Tú tienes hijos.

Halima se soltó el pelo y volvió a atárselo nerviosamente en un nudo. Rellenó el vaso de su madre.

–¿Cuánto quiere esa bruja tuya?

–Quinientos dirhams.

Halima soltó una risita.

–Para eso, le doy el dinero a Maati. Puedo pagarle para que me dé el divorcio.

–Aunque lo hagas –dijo Fatiha–, él no te dejará llevarte a los niños.

Halima se mordisqueó el pulgar.

–Entonces sobornaré al juez –dijo, alzando la barbilla. Esperó a ver si su madre decía algo, si desechaba aquella idea como hacía con las demás.

Fatiha se burló.

–No puedes sobornar ni al último funcionario con esa suma irrisoria.

Halima se quedó mirando hacia el frente, resistiéndose a dejar brotar las lágrimas que sentía llegar.

–Déjame llevarte a ver a esa bruja –dijo Fatiha suavemente–. ¿Qué tienes que perder?

Halima miró el rostro de su madre, la repentina expresión amable que sus labios habían adoptado, y se preguntó en quién tendría que confiar, si en los tribunales o en las hechiceras.

Pasaron varias semanas y tres palizas, la más reciente el día anterior, antes de que Halima consiguiera ahorrar el dinero para visitar a la hechicera recomendada por su madre. Cogió el autobús de vuelta a Zenata y llegó a casa a tiempo de preparar la cena. Haría *rghaifa*. La masa sería perfecta para disolver el pellizco de polvo que la bruja le había vendido. Cuando Halima estaba amasando, oyó el sonido de los muecines exhortando a los fieles a la oración de la tarde. Parpadeó ante la idea de lo que estaba a punto de hacer; utilizar a brujos era un pecado grave. De todos modos, ya se había gastado el dinero, y si era verdad que las acciones las juzgaba el *niyyah* de uno, entonces ella ya había pecado al pensar en valerse de la brujería, así que lo mejor era seguir adelante. En cuanto estuvo lista la primera *rghaifa*, la probó, quemándose la lengua al hacerlo. Tostó el resto y preparó una infusión con más té y menos menta, como le gustaba a Maati.

Recogió la ropa del tendedero del patio y la llevó al único dormitorio, un espacio oscuro y húmedo, sin ventanas. La dejó en el armario apoyado contra la pared de bloques debido a sus temblorosas patas, y corrió la sábana que separaba su cama de la de los niños. Fue a la cocina y sacó la mesa redonda al patio. La colocó entre el diván y los asientos de coche que los niños habían rescatado de la basura unas cuantas casas más allá. Cuando llovía, la familia tenía que comer en la cocina, codo con codo sobre la alfombra de caña, pero hoy hacía sol y podían comer fuera. No hacía falta usar el gas.

La hija de Halima, Mouna, fue la primera en llegar a casa, con las coletas balanceándose. Halima la vio entrar por la puerta de hojalata y contuvo la respiración. Con su alta frente y su nariz aquilina, Mouna se parecía mucho a su padre. Preguntó si podía ir a cenar a casa de la vecina. Halima le rodeó la cintura con el brazo.

–Quédate aquí conmigo –dijo.

–¿Entonces podemos cenar ahora? –preguntó Mouna, con tono lastimero.

–Tenemos que esperar a tu padre.

Mouna resopló con afectación. Los chicos se estaban volviendo ingobernables; últimamente Farid se mostraba respondón, pero Halima pensaba que Mouna era una niña buena y que llegaría lejos. Alcanzaría todo lo que Halima hubiera querido para sí misma si la familia lograba salir de aquel suburbio, con sus sucios callejones donde los adolescentes esnifaban pegamento durante el día y vagaban en bandas por la noche.

Los hermanos pequeños de Mouna, Farid y Amin, entraron y dejaron caer sus mochilas al suelo. Los tres niños decidieron jugar a las cartas.

–No valen trampas –advirtió Amin, el menor.

Se sentaron en el suelo, en un lugar soleado, y empezaron a jugar. Las moscas danzaban sobre sus cabezas en un círculo sin fin.

Cada vez que pegaba a Halima, Maati se pasaba varios días malhumorado. Transcurrían las horas y ella esperaba que se disculpara o al menos le hablara, pero él nunca lo hacía, y ella dejaba de esperar y acababa tratando de consolarle, como si fuera él quien había recibido una paliza. Pero aquella noche llegó a casa con cara de disculpa. Dejó que ella se sentara en el diván y cogió un asiento de coche para él; luego sirvió el té. Halima le miró comer las *rghaifa*, acabándoselas en tres bocados. Una cosa buena que podía decirse de él era que tenía un apetito muy saludable. Lástima que no le echara una mano en lugar de beberse su dinero y comerse el de ella.

–Están deliciosas –dijo con una sonrisa.

Después de cenar, Halima recogió la mesa y mandó a los niños a jugar fuera. Estaba ante el fregadero de la cocina cuando Maati se acercó a ella por detrás, pasándole un brazo por los hombros. Le besó el cuello y ella se excitó. Aún le hacía aquel efecto, incluso después de diez años de matrimonio. Cuando se conocieron en la boda de un vecino, ella se sintió inmediatamente atraída por sus ojos magnéticos, por su cuerpo, tan delgado pero lleno de energía contenida. Se habían casado sólo unas semanas más tarde y tuvieron tres hijos en cuatro años, antes de que Halima fuera a la clínica de planificación familiar, donde le dieron la píldora.

–Deja los platos –dijo–. Puedes fregarlos luego.

La apartó del fregadero y la llevó de vuelta al patio, donde se sentaron en el diván. La piel de él era más suave que la de ella, pero sus dedos le habían dejado una marca en la muñeca al tirar de ella. Él se inclinó y besó la palma de su mano. No debería haber dudado de mi madre, pensó Halima. Los polvos están haciendo efecto.

Al día siguiente, Halima estaba esperando el autobús que la llevaría al mercado de pescado del puerto de Casablanca, cuando vio un billete nuevo de cincuenta dirhams en la polvorienta acera. ¡Qué suerte! Aquella misma mañana, Maati le había prometido que dejaría de beber y ahora esto. Cuando subió al autobús, el conductor dijo que tenía un billete de más que alguien había pagado por error y que se lo podía dar por diez riales. Ella sonrió y cogió el billete. Encontró un asiento junto a la ventana y contempló el paisaje a través del cristal empañado. Edificios con paredes desconchadas y antenas parabólicas pasaban rápidamente, interrumpidos por palmeras.

A la entrada del mercado, un hombre tuerto con una chilaba marrón oscuro estaba sentado en el suelo, extendiendo la mano. Era tan viejo que apenas podía llamar a los que pasaban, pues su débil voz sólo llegaba a unos cuantos palmos. Halima buscó unas monedas en su cartera y se las dio.

A lo largo de la acera, los vendedores con batas azules alababan la frescura de su mercancía y sus bajos precios. Ella pasó por encima de los arroyuelos de escamas de pescado y agua que fluían entre los puestos. Una vez a la semana trataba de romper la monotonía del cuscús, la sopa de judías y los fritos que podía permitirse darles a los niños comprando pescado fresco. Normalmente compraba sardinas o arenques, pero aquel día le apetecía derrochar, así que después de regatear con un vendedor, compró un gran pescado blanco para hacer un *tagine*.

Mientras preparaba la comida, Halima se sorprendió canturreando junto a Farid el Atrache, que cantaba *Wayak* en la radio. Limpió el pescado sobre el fregadero y después lo cocinó con tomate y salsa de limón. La mesa estaba puesta, pero Maati aún no había llegado. Se quedó de pie en la cocina, pensando lo que haría. Si servía el *tagine* en ese momento, la comida estaría fría cuando él llegara y podría enfadarse. Si esperaba, los niños llegarían tarde al colegio y él también se enfadaría. Odiaba esas situaciones imposibles en que él la ponía todos los días. Miró el reloj con ansiedad creciente, pero pronto oyó el crujir de la puerta principal; agarró el *tagine* y lo llevó a la mesa.

Maati se sentó con las piernas cruzadas en el diván bajo, frotándose las manos ante el aroma a limón que salía de la cazuela. Los niños se sentaron a la mesa y Halima también, completando el círculo. Maati cortó los mejores trozos de pescado y los puso en el lado de los niños en el plato común. Después de probarlo, dijo:

–Que Dios te dé salud. Esto está buenísimo.

–A tu salud –repuso ella.

–La maestra ha dicho que tenemos que comprar un libro de historia nuevo –dijo Farid.

–¿Otra vez? –contestó Halima.

–La última vez era un libro de gramática, mamá –aclaró Farid, poniendo los ojos en blanco. Halima no sabía gran cosa de gramática ni de historia, ya que sólo había recibido clases de alfabetización, pero no le gustó su tono.

–Dile que lo compraremos la semana que viene –dijo Maati, y dio una palmada en la cabeza del chico, dejándole una huella de salsa de pescado.

Sólo un mes antes, Mouna no había podido ir con el resto de su clase a una excursión a las ruinas romanas de Volubilis, cerca de Mequinenza. Halima sabía que, a pesar de sus buenas intenciones, Maati no mantenía sus promesas a sus hijos.

Después de que los niños volvieran a la escuela, ambos se dispusieron a tomar un té. Él estaba silencioso, pero a ella no le importaba. Se recostó en el diván, disfrutando de la infusión. Maati acabó el té y se recostó para echar una siesta.

–¿No vuelves al trabajo? –preguntó ella.

Maati apartó la mirada.

–El jefe me ha echado.

A Halima le dio un vuelco el corazón. Se enderezó.

–¿Por qué? –preguntó, aunque imaginó que lo habrían pillado bebiendo. Lo sintió por él, pero el disgusto superó a la compasión.

–¿Creíste que Si Husein iba a pasarlo por alto?

Maati se pasó el antebrazo por la frente, protegiendo sus ojos de la mirada de ella.

–¿Qué vamos a hacer? –preguntó Halima.

–Encontraré otra cosa –dijo él. Su tono era confiado, pero apartó la cara.

Halima lo miró fijamente. Imitando su voz, gruñó:

–«Ahorraré dinero, compraré mi propio taxi, os sacaré de Zenata algún día, ya lo verás.» –Maati retiró el brazo de los ojos y la miró. Halima dejó de imitarlo. Pero siguió hablando–. ¿Y todo esto para qué? Nos quedaremos aquí hasta que nos muramos. Pronto estaremos pidiendo en la puerta de la mezquita los viernes.

Se miró las desgastadas zapatillas. Estaba metiendo los pies en ellas para levantarse, por lo que no vio venir la mano de su marido; sólo la sintió cuando le golpeó la cara y la hizo caer de lado, dejándola sin aire. Ella intentó apartarse, pero él le dio una patada tan fuerte que se le salió el zapato y le pasó por encima de la cabeza. Cayó de rodillas, la barbilla le golpeó el suelo y los dientes le temblaron. Ella le arrojó el zapato, se apoyó en las manos para enderezarse y corrió fuera de su alcance, encerrándose en el diminuto retrete, como solía hacer cuando se peleaban. Vio su rostro en el espejo. La mano de Maati no había llegado a posarse del todo sobre su mejilla, pero tenía claras huellas en el costado del cuello y la mandíbula. Se agarró al borde del lavabo y soltó un largo y ronco grito.

Seguía aún en el baño cuando Maati se marchó en tromba, cerrando de un portazo. Ella esperó un rato para asegurarse de que se había ido antes de salir y coger un jersey de cuello vuelto para ponerse debajo del vestido. Maati ya le estaba dando cada vez menos dinero para mantener la casa. Ella se pasaba todas las tardes en el patio, inclinada sobre su *marma*, haciendo pañuelos de fantasía para mujeres elegantes o sábanas para novias. Ahora que Maati había perdido su trabajo, sabía que le pediría a ella dinero para cerveza. Inclinó la cabeza sobre las rodillas. ¿Cómo habían llegado a esto? ¿Dónde estaba el hombre con el que se había casado? Era un hombre lleno de promesas de futuro, energía y ambición, pero ahora era vago y violento, protestaba por los impuestos que recortaban sus beneficios, de los clientes que no le dejaban propinas, de los demás chóferes que no le cubrían cuando se largaba a beber.

Se limpió la cara con las manos, tocándose los bultos que ya se le estaban formando. Levantándose la bata de andar por casa, buscó la cicatriz de la última paliza, cuando Maati le había cortado la pantorrilla con la hebilla del cinturón. Ahora que la herida se había curado, tenía la forma de unos labios, como si él le hubiera besado la pierna y le hubiera dejado una marca. Se rascó la piel de alrededor y se subió el calcetín.

Halima esperó el autobús que la llevaría a casa del juez en Anfa, un elegante vecindario junto al mar en Casablanca. Coger una nueva ruta la ponía nerviosa, y esperó rígida en la parada, inclinándose de vez en cuando para divisar al autobús que giraría hacia la plaza Mohammed V. Llevaba una chilaba verde claro y el pelo, que se había cortado hacía unas semanas, revoloteaba con la brisa. Sujetaba con firmeza su bolso. Nunca había llevado tanto dinero encima. Antes de salir de casa de su madre, había contado el dinero que le enviaron sus hermanos cuando ella les contó que había iniciado los trámites del divorcio. Había alisado cada billete y los había puesto en el sobre que ahora iba metido en el compartimiento más oculto del bolso.

El olor a neumático y humos de tubo de escape impregnó el aire. Junto a la parada de autobús, varios obreros estaban reunidos en cuclillas, con cigarrillos entre los dedos amarillentos, charlando entre una nube de humo azulado. Un barbero acababa de subir su persiana metálica y ahora salpicaba agua sobre la acera delante de su tienda en un inútil intento por deshacerse del polvo. Finalmente, un viejo autobús, con el parachoques delantero colgando, llegó entre rugidos y una nube de humo negro.

Halima subió. El viaje iba a durar casi una hora, con muchas paradas intermedias, pero ella se sentó con la espalda recta, dispuesta a levantarse a la menor señal de problemas. Se oía una canción en la radio; la melodía luchaba con los chisporroteos de los altavoces. Ella reconoció la letra de *Fakarouni*, de Oum Kalsoum. Decidió no escuchar la música.

El autobús se detuvo junto a un hospital, donde subió un abigarrado grupo de pasajeros, mendigos y vendedores. El último en subir fue un hombre delgado de pelo rizado que avanzó lentamente por el pasillo. Se levantó la camisa para enseñar una bolsa cuadrada adherida a su abdomen. El líquido que contenía parecía orina. Se giró para que todo el mundo pudiera verlo. Varias personas emitieron sonidos de pesar. El hombre alzó un dedo y recitó su queja con voz clara y alta.

–Hijos de Adán –dijo–, esto es lo que Dios ha escrito para mí. –Abrió el cinturón que mantenía la bolsa en su lugar y mostró la herida que tenía en el estómago–. Vean lo que tengo que soportar cada día y den gracias a su Dios y al mío por no tener que aguantar lo mismo que yo. –Asentimientos y chasquidos de lengua acompañaron su declaración–. Quien pueda ayudarme a pagar mis gastos de hospital, que Dios se lo pague y que le abra las puertas del cielo, que le bendiga con hijos, que le proteja del mal de ojo... –Y así siguió con su letanía. Pronto surgieron las manos, algunas con monedas, algunas con billetes, y el hombre dejó de rezar y se dispuso a recoger las limosnas.

Cuando pasó junto al asiento de Halima, le tendió la mano vacía. Tenía restos de pintura roja, adherida de cogerse a las barras descascarilladas de los asientos. Apartando la mirada, ella dijo: «Que Dios nos ayude a todos». El hombre se dirigió hacia otras personas más generosas, dejando un rastro de olor a hospital tras de sí.

El autobús se acercaba a Anfa. Halima sujetó con más fuerza su bolso y esperó su parada. Se levantó en cuanto la vio y bajó. Se le habían hinchado los pies por el calor, y sus sandalias de plástico azul crujían a cada paso que le acercaba a la casa.

Finalmente, encontró la villa. Era un edificio de estuco blanco con azulejos rojos mediterráneos que bordeaban el tejado y las ventanas. Tenía un césped bien cuidado, una verja de madera lacada y una campanilla en la puerta, de la que Halima tiró. Una doncella, apenas una adolescente, respondió. Halima le dijo que iba a ver al juez. La doncella le echó una mirada cómplice y le dijo que esperara en el patio de entrada. Halima prefirió quedarse fuera. No sabía si el juez estaba casado y si su esposa estaría en casa. Quería evitar cualquier detalle impropio. Así que se sentó en el escalón y esperó.

El juez apareció en el umbral. Tenía el rostro abotargado, pero ojillos vivaces. Miró hacia la calle, como si buscase a alguien más, y luego dijo:

–Entre, no se quede ahí. –Halima estaba demasiado intimidada como para negarse. Siguió al juez, que entró contoneándose, con su impecable chilaba blanca bien ceñida en torno a su flácido pecho.

–¿Ha traído el dinero? –preguntó.

Halima asintió. Con manos temblorosas, abrió el bolso y le tendió el sobre. El juez sacó el fajo de billetes y empezó a contarlos. Volvió a mirar dentro del sobre antes de devolvérselo, y luego metió los billetes en el bolsillo de su *seroual*.

–La próxima vez, no traiga billetes pequeños.

Halima tragó saliva. No le gustó aquella referencia a la próxima vez. El juez reajustó su chilaba y le dijo que no se preocupara.

–Sea puntual el día de la vista. Conseguirá su divorcio esta semana. –Le palmeó la espalda y ella se dio cuenta de que la estaba conduciendo hacia la puerta y que todo había acabado.

De pronto deseó que el intercambio de dinero hubiera durado un poco más. Tarik y Abdelkrim habían trabajado mucho para ahorrarlo, ella había esperado mucho tiempo para recibirlo, y ahora había desaparecido. Tropezó y se agarró a la valla, pero no salió. ¿Y si no le daba la custodia?, se preguntó. Se dio la vuelta. ¿Por qué le había dado el dinero tan deprisa? Podía haberle dado la mitad y haberle prometido el resto si le garantizaba el divorcio y la custodia. ¿Por qué no se le había ocurrido antes?

–Espere –dijo.

El rostro del juez, que momentos antes se mostraba amable, si no benevolente, ahora pareció amenazador.

–¿Qué?

–Los niños –dijo.

Él frunció el ceño. Pareció a punto de decir algo, pero se lo pensó mejor.

–¿Cómo sé que va a mantener su palabra? –El corazón de Halima latía tan fuerte que le parecía oírlo en las sienes y las muñecas–. Devuélvame el dinero.

El juez aparentó ofenderse.

–Conozco a las de tu clase –dijo, y la empujó hacia la puerta. Ella se puso rígida. Él retiró la mano y la miró con sus ojillos desafiantes–. Vete antes de que cambie de opinión.

Halima sintió temblar las rodillas. Se le había formado un nudo en la garganta e intentó tragar. ¿Por qué no le iba a dar a los niños? Este juez llevaba años aceptando sobornos; no había ninguna razón para pensar que no cumpliría esta vez. Pero ¿y si no lo hacía? No podía confiar en él, como no había podido confiar en su madre ni en la bruja.

–Devuélvame el dinero –insistió con voz áspera.

El juez abrió mucho los ojos y sus labios se separaron con una expresión entre la ira y el disgusto. Metió la mano en el bolsillo y le arrojó el dinero. Cuando el fajo cayó al suelo, unos pocos billetes se separaron del resto. Halima cayó de rodillas y los recogió con ambas manos. El juez la cogió por la espalda de la chilaba y la empujó. Ella le metió el codo en la barriga con toda la fuerza que pudo. Él se dobló de dolor, sujetándose el estómago, mientras Halima salía con el puñado de billetes en la mano. La verja se cerró de golpe. Tras ella, el patio ya estaba en silencio; el juez había vuelto dentro. Ella guardó el dinero en su bolso y se frotó el trasero con la mano. Un Mercedes se acercó haciendo mucho ruido por la calle desierta, haciendo sonar la bocina, y el conductor se volvió para mirarla con una sonrisa. Ella le ignoró y echó a andar.

Unos días más tarde, Halima cogió el autobús al centro para ir a su trabajo de limpiadora en las oficinas de Hanan Benamar, una traductora especializada en documentos de inmigración. Halima había conseguido el trabajo a través del centro en el que había tomado clases de alfabetización, donde un gran cartel –que pudo leer al final del programa de un año– rezaba en grandes letras rojas: «El Señor ayuda a los que se ayudan». De momento, la única utilidad que había sacado de las clases era que ahora podía leer los títulos de crédito que salían al final de las series que veía cada noche.

Halima llamó dos veces a la puerta antes de meter su llave y entrar. Apartó a un lado las cortinas de gasa y abrió las puertas cristaleras, dejando entrar el aire fresco. Contempló la vista de la ciudad dominada por la mezquita del rey Hassan, con las tres cúpulas doradas de su minarete brillando al sol de la mañana. Empezó a vaciar las papeleras. Estaba secando los suelos de mosaico cuando entró Hanan.

–*Sabah el-khir* –dijo. Dejó caer el maletín en una silla y la chaqueta en otra.

–*Sabah el-khir* –dijo Halima, forzándose en parecer alegre al saludar.

Hanan llevaba una falda oscura de mil rayas y una camisa blanca abotonada, el pelo liso, los párpados pintados con sombra gris y los labios rojos. Yo podía haber sido ella, pensó Halima, como solía pensar en presencia de Hanan. Podía haber sido ella si mi suerte hubiera sido diferente, si hubiera ido a una auténtica escuela, si me hubiera casado con otro. Ahora se preguntó si Hanan pensaría lo mismo de ella y le habría dado el trabajo sólo por lástima.

Hanan hojeó unos papeles mientras Halima continuaba con su trabajo. Cuando terminó de limpiar la sala de espera, puso las fregonas en el armario de la cocina y se lavó las manos.

–He acabado –anunció, y se puso la chilaba para marcharse. Hanan no la oyó, ocupada como estaba con sus papeles–. ¿Mucho trabajo? –preguntó Halima.

–¿Yo? Oh, sí –dijo Hanan–. Mientras la gente quiera seguir emigrando, tendré muchísimo trabajo.

Sin darse cuenta, Halima se había dejado caer en una silla frente a Hanan. Recordó a sus hermanos: Tarik, que se había marchado una mañana cuando ella era una niña aún, y Abdelkrim, que le siguió sólo unos meses más tarde, y pensó que no habían sabido nada de ellos durante un año. Luego empezó a llegar dinero, esporádicamente al principio, y luego con regularidad adictiva, y mientras su madre administraba los pagos, Halima, que no se beneficiaba tanto de su generosidad, seguía viviendo en la misma casa de bloques con tejado de chapa y el agua sucia que corría por el centro de la calle. Se preguntó qué hubiera ocurrido si ella también se hubiera ido a Europa como sus hermanos. ¿Tendría un piso, una lavadora, quizá incluso un coche? ¿Tendría a Maati?

Estaba muy quieta y Hanan le echó una mirada inquisitiva. Halima juntó las manos y se miró los zapatos.

–Estaba pensando... –Se humedeció los labios con la lengua–. ¿Sería muy difícil emigrar?

Los hombros de Hanan cayeron. Agarró un lápiz y empezó a darse golpecitos nerviosos entre los dedos.

–No soy abogada. Sólo traduzco documentos.

Halima se encogió de hombros.

–Aun así –dijo–, lo sabrá.

–¿Has visto las colas que hay ante las embajadas? –preguntó Hanan.

Halima asintió, aunque no las había visto. Pero Maati le había hablado de ellas, de la gente que hacía cola durante toda una noche para conseguir entrar en el edificio, sin estar seguros siquiera de poder conseguir un formulario. Le gustaba llevar a clientes a las embajadas porque las tarifas del taxi eran mayores por la noche, cuando se formaban las colas.

–Pero tengo a mis hermanos en Francia –dijo.

–Ah –contestó Hanan. Desvió la mirada, como si se sintiese demasiado incómoda para decir algo más, y luego contuvo el aliento–. De todos modos, no dan visados a...

Halima sabía lo que iba a decir Hanan, sabía que la gente como ella, sin estudios y con tres niños, no conseguía visados.

–Lleva a ese cabrón ante un tribunal –dijo finalmente Hanan, suspirando.

–Ya lo he hecho.

Hanan parpadeó, se reclinó en su silla, sin saber qué más decir. La habitación estaba en silencio; el único sonido era el de los golpecitos del lápiz en los dedos de Hanan.

–Pero ¿no hay alguna forma de conseguir un visado? –preguntó Halima.

Hanan se encogió de hombros.

–Tienes que tener un trabajo a tiempo completo, una cuenta en el banco, un billete, un lugar donde quedarte... Es complicado –dijo, como si Halima no pudiera entender nada que requiriera más de tres pasos fáciles, como lavar, hacer espuma y aclarar.

Halima quiso decirle: «Sé mucho más que eso». De pronto se arrepintió de haberle dicho nada a Hanan. Había sido un error pensar que Hanan, el juez o los polvos mágicos podrían sacarla de la situación en que se encontraba.

–Debe haber algún otro modo –dijo Halima.

–¿Te refieres a ir de manera ilegal?

Halima se encogió de hombros. Sabía lo que iba a decir la siguiente vez que su madre repitiera la vieja canción acerca de tener paciencia: El Señor ayuda a los que se ayudan.

Aceptación

Aziz Ammor se había pasado la semana despidiéndose. De momento había visitado a dos grupos de tías y tíos, a cuatro amigos y varios vecinos, pero ninguno de ellos le deseó buena suerte para el viaje. Cuando descubrieron sus planes de probar suerte en una patera, trataron de disimular sus miradas de sorpresa, le palmearon la espalda para animarlo y movieron la cabeza conmiserativamente. Estaba empezando a cansarse del silencio que había provocado su noticia, así que se sintió aliviado cuando, tras oírla, su amigo Lahcen volcó la mesa al levantarse.

–¿Has perdido la cabeza, Ammor? –dijo.

Aunque Lahcen y Aziz se conocían desde la escuela elemental, Lahcen aún llamaba a Aziz por su apellido, como a menudo hacen los chicos en la escuela. Hacía veinte años que Aziz y Lahcen eran amigos. Juntos se habían colado en el cine, habían compartido el primer cigarrillo y la primera botella de cerveza, una Heineken que se habían dejado olvidada unos estudiantes adolescentes que celebraban una graduación. También habían ligado juntos con chicas, aunque solía ser Aziz el que ligaba; Lahcen no parecía tener mucha suerte con las mujeres.

Aziz volvió a colocar la mesa sobre sus patas, echando una mirada a su esposa Zohra, que estaba sentada en el diván frente a él. Ella ya había tratado muchas veces de disuadir a Aziz, y contemplaba la escena con la distancia de alguien que ya ha oído todas las razones, pero que seguía sintiendo curiosidad por ver si algo se resolvía de otra manera esta vez. Aziz y Zohra habían ido a casa de Lahcen poco después de la oración del domingo. Lahcen vivía con sus padres y cuatro hermanas en una casa de dos pisos en Derb Talian, en la vieja medina de Casablanca. La ventana estaba cerrada, pero de vez en cuando se oían las bocinas de los coches o los timbres de las bicicletas a través de los cristales.

–Tranquilízate –dijo Aziz.

Lahcen volvió hacia arriba las palmas y alzó la voz.

–¿Cómo puedes decirme que me tranquilice? ¡Te puedes ahogar! –Él era así. Siempre pensaba lo peor.

–Soy buen nadador –repuso Aziz–. De cualquier modo, ahora tienen embarcaciones de motor. Me dejarán en la playa.

–¿Y crees que España será una cosa estupenda? No es más que trabajo duro, *ghurba* y soledad.

–Al menos se ganará la vida –terció Zohra.

Aziz se sorprendió al oírla decir las mismas palabras que había utilizado él para convencerla hacía unas semanas. Él nunca le había gustado a la familia de ella; habían permitido que Zohra se casase con él porque llevaban saliendo tres años y los cotilleos de los vecinos sobre su «hija tan suelta» habían podido con ellos. Pero el matrimonio no mejoró las tensas relaciones de Aziz con su familia política. No hacían más que fastidiar a Zohra hablándole de su falta de trabajo, y sus comentarios se habían vuelto más insistentes después de que ella encontrase trabajo en una fábrica de sosa.

Cuando a él se le ocurrió la idea, Zohra trató de disuadirle, pero cedió después de que su marido se pasara unos meses más en el paro. Dijo que le esperaría y que, cuando volviera, podrían marcharse de casa de los padres de él, tener un sitio para ellos y fundar una familia. En resumen, dijo, podrían empezar a vivir.

–¿Y qué será de ti? –dijo Lahcen, señalando a Zohra–. ¿Te va a dejar aquí?

–Volveré en dos o tres años –dijo Aziz.

–¿No hemos oído ya todo esto? –dijo Lahcen, con el dedo en la mejilla, un gesto que le hacía parecer una mujer–. Nadie vuelve.

–Yo volveré –dijo Aziz, señalándose con el pulgar.

–Lo hará –dijo Zohra. Se sacó el pañuelo de la manga de la chilaba y se sonó la nariz. Aziz sintió de nuevo una punzada de culpabilidad por abandonarla, y le puso la mano en la rodilla, apretándola suavemente.

–¿Por qué estás en contra de esto? –preguntó Aziz a Lahcen–. ¿Qué quieres que haga?

La hermana de Lahcen, Hakima, entró en la habitación con una bandeja de té y galletas. Lahcen extendió la mano para alcanzar su cajetilla de cigarrillos y salió. Aziz miró a una y otra mujer alternativamente, su mujer y la hermana de su mejor amigo, y sintiéndose algo raro por haberse quedado solo con ellas, se levantó y siguió a Lahcen fuera.

–Bueno, ¿qué quieres que haga? –preguntó, sentándose junto a su amigo en los escalones. Sentía curiosidad por su respuesta.

–Intenta otra cosa –dijo Lahcen, encendiendo un cigarrillo.

–¿Cómo qué?

Lahcen se encogió de hombros.

–Mírame. Yo me las arreglo. –Había invertido cuatrocientos dirhams en tarjetas de teléfono y revendía minutos sueltos a un precio más alto a gente que quería llamar desde cabinas. Trabajaba frente a la oficina central de correos en el centro de Casablanca. Sus ganancias netas eran minúsculas, pero le permitían pagar sus billetes de autobús y sus cigarrillos. Además, decía que aquello le gustaba, que siempre convencía a la gente de que le comprasen a él, así que no le importaba la competencia de otros vendedores de tarjetas de teléfono, ya fueran hombres, mujeres o niños.

–Para ti es distinto. Eres soltero.

–Entonces ¿por qué te casaste?

–¿Qué?

Lahcen dio una calada.

–Si no te hubieras casado, no tendrías que hacer esto.

Aziz chasqueó la lengua.

–Deja a mi mujer fuera.

–Sólo comentaba.

–¿Qué quieres que haga? ¿Qué venda minutos, como tú?

–Al menos estoy haciendo algo. Y ni siquiera tengo un título, como tú.

El título en cuestión era un trozo de papel guardado en una carpeta junto a la cama de Aziz, acumulando polvo. Tanto Lahcen como Aziz habían suspendido los exámenes de la escuela secundaria hacía unos años, y por tanto no habían podido asistir a la universidad. Lahcen había puesto en marcha su negocio de tarjetas de teléfono, pero Aziz había ido a una escuela de formación profesional, y después de dos años había conseguido un título de automatización, lo que básicamente significaba que podía trabajar como chapuzas. No había encontrado trabajo.

–Con título o sin título, da lo mismo.

–Hablas así porque tienes uno.

Aziz suspiró.

–Pero ¿qué te pasa hoy?

–Eso es lo que debería preguntarte yo a ti, amigo mío. Vienes a decirme que te vas a meter en una embarcación con la idea de arriesgar tu vida para llegar a España, donde probablemente te atraparán en cualquier caso, ¿y quieres que te felicite?

Aziz ya había oído a sus padres esta versión de su futuro. Le habían advertido contra lo mejor que podía pasar (¡un trabajo agrícola con sueldos de esclavo!), contra lo peor (¡una muerte horrible!) y todo lo intermedio (¡una vida de delincuencia inevitable!). Pero él había sopesado sus advertencias frente a la perspectiva de años de paro, años de pedirles dinero para el autobús, años de mirarse los zapatos o de cambiar de tema cuando alguien le preguntara a qué se dedicaba, y le había parecido que, al final, los riesgos merecían la pena.

–¿Tienes un cigarrillo? –preguntó.

Lahcen le tendió su paquete de Olympique Rouge.

–Mira, quizá pueda ayudarte.

Aziz encendió un cigarrillo y le dio una larga calada. El sonido chirriante de la puerta al abrirse tras ellos les hizo volverse. Hakima asomó la cabeza y preguntó si iban a entrar a cenar. Lahcen le hizo un gesto con la mano y dijo que irían enseguida.

–Ve a buscar pan –dijo Hakima–. Nos hemos quedado sin él.

Lahcen y Aziz se levantaron y se encaminaron a la tienda con paso cansino. Fuera estaba nublado y se había levantado viento. Cruzaron una parcela vacía, donde los niños jugaban al fútbol bajo una creciente nube de polvo rojo. El *piceri* había vendido casi todo su pan del día y sólo le quedaban unas pocas barras. Lahcen escogió la que tenía mejor aspecto y le tendió un billete al cajero, que miró a los dos hombres con desagrado, pero cogió el dinero.

–¿Qué pasa? –preguntó Aziz cuando salían.

–Es un tipo extraño –dijo Lahcen–. No le gusta la gente de fuera del vecindario.

–Ya, qué burro –dijo Aziz.

El tendero le recordaba a su abuela, que siempre encontraba defectos a la gente a la que conocía poco. Le parecía que el cartero, un *'arobi* del campo, cerca de Casablanca, era inculto y tosco. Al sastre, un shamali del norte, le concedía un estatus ligeramente superior, aunque a menudo comentaba que era demasiado habilidoso para llegar a hacer nada bueno. El *chleuh* que le vendía menta en el mercado solía ser el blanco de sus invectivas acerca de la avaricia. Había llegado un punto en que Aziz había empezado a sentir cierto afecto por la gente a la que su abuela hubiera criticado. Aziz le contó la historia a Lahcen, añadiendo una broma o dos para animar a su amigo mientras volvían a casa.

–Es indiscreto –dijo Zohra, frunciendo el ceño. Volvían a casa, a la medina. Alrededor, los vendedores cerraban ya sus tenderetes.

–Es que se preocupa –dijo Aziz.

–Como todo el mundo.

Aziz no contestó. Estaba pensando en lo que le había dicho Lahcen.

–¿Crees que realmente puede hacer algo? –preguntó Zohra.

Su pregunta era exactamente la que él temía: que la promesa de ayuda de Lahcen diera esperanzas a Zohra, unas esperanzas que minarían su determinación a dejarle partir, unas esperanzas que al final acabarían pisoteadas. Le cogió la mano y se la apretó.

–Si Lahcen pudiera ayudar –dijo–, se hubiera ayudado a sí mismo.

–Nunca se sabe –dijo ella.

Al día siguiente, Lahcen apareció con un traje azul cruzado que había comprado en las tiendas de intercambio de Derb Ghallef, donde se vendía ropa americana de segunda mano, y que reservaba para las ocasiones señaladas.

–¿Adónde vas? –preguntó Aziz al recibirle en la puerta.

–A una reunión –dijo Lahcen–. Y tú vienes conmigo, Ammor. –Cerró la puerta tras de sí.

Aziz sabía que tendría que hacer lo que se le hubiera ocurrido a Lahcen, aunque sólo fuera por sus padres, que le acusaban de no haber agotado todas las posibilidades antes de decidirse a emigrar.

–Vale.

Lahcen se sentó a tomar el té con los padres de Aziz. Habló del tiempo, comentó el último partido de fútbol y preguntó por su salud. El padre de Aziz respondió con un rápido «*Hamdullah*», golpeándose la dentadura postiza con el dedo, sacándola y volviéndosela a colocar, mientras que la madre de Aziz, conocida hipocondríaca, se quejaba largo y tendido de su última indigestión. Lahcen escuchó educadamente, se acabó el té y le dijo a Aziz que era hora de irse.

–Tráete tu carpeta –dijo.

Zohra corrió al dormitorio para coger la chaqueta del padre de Aziz, e insistió en que se la pusiera.

–Para la reunión –dijo.

Aziz se la puso y salió a reunirse con su amigo.

–¿Adónde vamos?

–Una de las mujeres que me compra minutos trabaja para un dentista, y le he pedido que le hable a tu jefe de ti.

–¿Qué va a querer de mí un dentista?

–Se le ha roto la silla. Quizá tú puedas arreglarla, y entonces él hablará de ti a sus amigos.

–Eso no es un trabajo.

–Déjame que te mire los dientes.

–¿Qué?

–Tienes que estar presentable cuando entres en su consulta.

Aziz rió.

–¿Sabes?, –dijo–, te agradezco que intentes ayudarme, pero eso no es un trabajo, tío. Es una cosa esporádica, ¿no?

Cogieron el autobús al centro y entraron en la consulta del dentista cuando una paciente salía gritando que nunca volvería. Lahcen le sujetó la puerta a la mujer, dejándola terminar su diatriba contra los médicos en general y los dentistas en particular, y luego entró con Aziz detrás. Sonrió a la recepcionista, preguntándole qué tal estaba su novio, al que ella llamaba siempre desde una cabina.

–Muy bien –dijo la chica, enrojeciendo un poco–. Siéntense. Le diré al doctor que están aquí.

Desapareció, y Aziz y Lahcen se sentaron delante de una mesa baja sobre la que había tres revistas medio rotas, todas sobre golf. Aziz cogió una y empezó a leer mientras Lahcen cruzaba las piernas y se palmeaba el bolsillo buscando los cigarrillos, pero sin sacarlos.

La tarde avanzaba, puntuada por el sonido del timbre de la puerta, los gemidos de dolor y el *ka-ching* de la caja registradora. Cuando el reloj dio las seis, Aziz sugirió marcharse. Lahcen le palmeó la espalda y dijo que ya que habían esperado tanto, podían esperar un poco más.

Finalmente, el último paciente se marchó y salió el dentista, quitándose la bata blanca. Miró a los dos hombres con una mezcla de sorpresa y reconocimiento.

–Están aquí –dijo.

Lahcen y Aziz se levantaron. El dentista fue a la segunda sala de reconocimiento y señaló una silla cuyo reposacabezas estaba aún envuelto en el plástico original.

–No puedo hacerla funcionar –dijo–, y la empresa que me la instaló no me contesta.

Mientras Lahcen charlaba con el doctor, Aziz examinó la silla. El cable estaba enchufado, pero cuando se arrodilló para mirar la base, vio que había dos botones más. Apretó uno y la silla hizo un sonido silbante.

–No estaba en marcha –dijo.

–Oh –dijo el dentista. Incrédulo, se sentó en el taburete y apretó un pedal con el pie; la silla se movía arriba y abajo a voluntad.

–Bueno, gracias –dijo levantándose, apartando los ojos.

Aziz se quedó mirando mientras Lahcen se embarcaba en una breve pero encantadora conversación, diciendo que su amigo era capaz de arreglarlo todo y que si el dentista se lo contaba a sus colegas, se lo agradecería mucho. El dentista asintió vagamente y le dijo a la recepcionista que podía empezar a cerrar la consulta. Sacó un billete de diez dirhams y se lo dio a Aziz.

Cuando salieron de la consulta, Aziz cogió la mano de Lahcen y le puso en ella los diez dirhams.

–Para tu próximo paquete de cigarrillos.

–¿Qué pasa? –dijo Lahcen.

–¿Qué voy a hacer con diez dirhams?

–Algo es algo.

–Fue una pérdida de tiempo –dijo Aziz, llamando el ascensor.

–No digas eso. Va a comentárselo a sus amigos.

–¿Y admitir que es idiota? –Aziz se cansó de esperar el ascensor y decidió bajar por las escaleras.

–¡Espera! –gritó Lahcen, con la voz resonando en el oscuro hueco de la escalera.

Aziz oyó que Lahcen tropezaba, así que apretó el interruptor de la luz y le esperó.

Aziz estaba tachando cosas de la lista que había hecho. Quería llevarse lo menos posible y trataba de decidir si debería cargar con un abrigo o no. Zohra le sugirió que se llevase su chubasquero, aunque era un poco pequeño, porque era muy ligero y podía meterlo en un bolsillo si lo necesitaba. Siempre había sido ella la práctica. Incluso durante el noviazgo, Aziz pensaba que él era el más romántico de los dos, y a menudo había pensado si eso significaba que él la amaba más que ella a él, o si lo quería igual, pero a su manera.

Sonó el timbre de la puerta. Era Lahcen, que preguntó si Aziz quería ir a tomar un café.

–Claro –dijo Aziz. Quedaba mucho tiempo para preocuparse por el equipaje.

Se acercaron a un café junto a la medina, en la plaza de Mohammed V. Cuando el camarero llegó con sus cafés, Lahcen insistió en pagar.

–¿Sigues pensando en irte? –preguntó.

Aziz asintió.

Lahcen se lanzó a dar otro discurso para convencerle de que era una empresa imprudente, pero Aziz dejó de escucharle al cabo de unos minutos. Miraba a dos hombres, sentados en una mesa en la terraza de la calle, inclinados uno hacia el otro, concentrados en su conversación. Hablaran de lo que hablasen, debía de ser apasionante, porque no se fijaban en las guapas universitarias que pasaban junto a su mesa. Uno de los hombres sonrió y tocó la cara interna del brazo del otro, frotándolo con el pulgar. Aziz miró alrededor para ver si alguien más había observado a la pareja gay, pero nadie parecía prestar atención.

–¿Estás escuchando? –preguntó Lahcen.

Aziz miró los ojos castaños de su amigo, y recordó de pronto todas las veces en el instituto en que Lahcen había colocado el brazo alegremente sobre los hombros de Aziz mientras volvían a casa o cómo encontraba defectos a todas las chicas con las que Aziz trataba de salir. Cuando iban a la playa, Lahcen decía que no quería jugar al fútbol, y prefería quedarse tumbado en la arena. Palmeaba la toalla que había junto a él y le decía a Aziz que tenía que aprender a relajarse y disfrutar del sol.

–Sí –dijo Aziz–, estoy escuchando.

–Había un artículo en *L'Opinion* acerca de ello, tío. Con fotos de la gente ahogada y todo eso.

Aziz asintió.

–Ya lo sé.

–¿Y no te da miedo?

–Creo que funcionará.

–Estás loco, Ammor –dijo Lahcen, negando con la cabeza–. ¿Y dónde vas a conseguir el dinero?

–De mi padre. –Eso no era del todo cierto. Aziz había reunido la cantidad necesaria sumando los ahorros del escaso sueldo de Zohra en la fábrica, un préstamo de un primo y algo de dinero de un seguro que su padre había recibido cuando tuvo un accidente de coche hacía dos años, pero temía que, si se lo comentaba, Lahcen insistiría en sus ruegos para que abandonara el proyecto, teniendo en cuenta todos los que estaban implicados.

–Oh –dijo Lahcen. Tamborileó con los dedos sobre la mesa y apartó su taza de café.

Aziz sintió un pellizco de culpa por estar siempre rechazando los argumentos de su amigo e ignorando sus ofertas de ayuda.

–No te preocupes por mí –dijo–. Yo soy el que tendría que preocuparse por ti.

Lahcen levantó la vista, sorprendido.

–¿Por mí? ¿Por qué?

–Bueno... –dijo Aziz, y de pronto se quedó sin palabras. Hubo un largo momento de silencio, y luego se encogió de hombros.

Unos días más tarde, Aziz pasó por la oficina central de correos para ver a Lahcen. Lo encontró de pie junto a una cabina de teléfonos, esperando a que un cliente, un policía con uniforme gris y hombreras blancas, acabara su conferencia.

–Siéntate –dijo Lahcen, como si aquel lugar público, donde la gente entraba y salía, fuera su oficina particular. Aziz se sentó en la zona de espera, viendo cómo una mujer con un traje marrón discutía inútilmente con un funcionario sobre un cobro irregular en su factura de teléfono, y luego se marchaba sin que le devolvieran su dinero. Un anciano que había cobrado un cheque fue inmediatamente rodeado por una banda de pilluelos callejeros que le pedían monedas.

–¿Cómo estás? –preguntó Lahcen, mientras se dejaba caer en una silla de plástico junto a Aziz.

–Bien. Toma, ten esto. –Tendió a Lahcen una tarjeta del club de taekwondo que le había traído.

–¿Para qué es esto?

–Mis hermanas me hicieron socio hace tres meses –dijo Aziz–. Y yo ya no la voy a usar, así que pensé que podría gustarte.

–¿Taekwondo? –dijo Lahcen, riendo–. Nunca lo he probado.

–Pensé que podría gustarte –volvió a decir Aziz, como si, a base de repetirlo, pudiera conseguir que fuera cierto–. Y puedes hacer nuevos amigos.

Lahcen hizo girar la tarjeta en su mano y se la metió en el bolsillo, asintiendo como para contentar a Aziz.

–Bueno, ¿vamos a tomar un café?

–También te he traído esto –dijo Aziz, sacando unas camisas de manga larga de una bolsa de plástico negro. Pensó que le irían mejor a Lahcen que aquellas camisetas de tirantes que siempre llevaba para enseñar los bíceps.

Lahcen sujetó una camisa contra su pecho.

–Quieres que me parezca a ti –observó.

–Sólo pensé en ayudar –dijo Aziz.

–Seguro que no me valen.

–Tú llévatelas.

–No, ya veo que no me valen –dijo Lahcen, doblando las camisas y volviendo a colocarlas en la bolsa–. Guárdatelas. –Se puso de pie, con una ceja alzada inquisitivamente, esperando para ver si su amigo lo seguía.

–¿Por qué eres tan obstinado? –preguntó Aziz.

–Mira quién fue a hablar.

Aziz suspiró y se levantó.

–Vale, vamos a tomar un café.

Lahcen quería ir al mismo café de la vez anterior, junto a la medina, pero Aziz insistió en que fueran a Ain Seeba.

–¿Por qué? Ese lugar está desierto –se quejó Lahcen.

Aziz contestó que para encontrarse con Zohra cuando ella saliera del trabajo en la fábrica de refrescos, omitiendo el hecho de que le había pedido que trajera a una amiga suya al café; quería que fuese una sorpresa.

Esta vez Aziz insistió en pagar los cafés. Hacía sol, así que se sentaron fuera. Había pocos transeúntes, pero bastante tráfico, así que pasaron el tiempo fumando y mirando la fila de coches franceses y alemanes que esperaban el semáforo, con los conductores hablando por sus móviles mientras sus estéreos atronaban con música americana. Aziz imaginaba que quizá un día él sería como ellos, con un coche y un lugar adonde ir, en vez de estar sentado sin nada que hacer en un café mientras su mujer trabajaba.

Muy pronto Aziz vio a Zohra caminando por la calle del brazo con su amiga, una mujer alta y delgada con una chilaba amarilla que hacía parecer su piel más oscura, del color de las almendras tostadas. Tenía el pelo largo y castaño, y ojos que chispeaban con *insouciance*. Acercaron unas sillas para las señoras y Zohra les presentó a su amiga Malika. Los ojos castaño grisáceo de Zohra se veían muy bonitos a la luz de la tarde, pero Aziz se obligó a prestar atención a Malika, la cuestión que les ocupaba.

—Así que trabajas con Zohra —dijo.

—Sí —dijo Malika. Sonrió revelando un hueco entre los dientes delanteros.

—¿Te gusta el sitio? —preguntó Aziz.

—Supongo que está bien —dijo ella, volviéndose hacia Zohra, como para que confirmara la falta de interés de su trabajo.

—Es buena —dijo Zohra—. Comprueba los bordes de las latas mucho más deprisa que yo. —Llegaron sus bebidas y Aziz insistió de nuevo en pagar.

Lahcen seguía sin decir una palabra, y de hecho había empezado a hurgarse la nariz a hurtadillas. Aziz le dio un codazo para que parara.

—¿Vives por aquí?

—No. Vivo en Derb Gnawa —dijo Malika, y dio un sorbo a su zumo de naranja.

—Mi amigo vive en Derb Talian, así que no está muy lejos —dijo Aziz. Se volvió hacia Lahcen, dándole a entender que esperaba que dijera algo, pero éste revolvió el azúcar de su segunda taza de café y se lo bebió de un trago.

Esto no sirve de nada, pensó Aziz. De todos modos, le parecía que debía volver a intentarlo.

—Lahcen estaba hablándome de una nueva película egipcia que ponen en el Star Cinema.

Malika miró a Lahcen, como si esperara que dijese algo, pero él se limitó a sacar otro cigarrillo y encenderlo. Malika acabó su zumo y retorció la pajita entre los dedos. Hubo un silencio largo e incómodo, y entonces Zohra se levantó y dijo que tenían que marcharse.

–Bueno, ¿qué te parece? –preguntó Aziz.

–¿El qué?

–Malika, claro.

Lahcen se encogió de hombros.

–Creo que es mona –dijo Aziz–. Y... –Hizo un gesto como si estuviera sopesando melones.

Lahcen rió. Dejó el cigarrillo en un cenicero.

–No es mi tipo –dijo.

–Bueno, si nos dijeras cuál es tu tipo, quizá podríamos colocarte.

–¿No lo sabes? –repuso él con voz repentinamente alta–. No quiero que me coloquéis.

–Vale –dijo Aziz.

Se quedaron un buen rato sentados, contemplando cómo el sol se ponía por el horizonte y el cielo adquiría unos tonos aún más coloridos debido a las capas de contaminación que había sobre Casablanca.

–¿Qué pasa con el taekwondo? –dijo Aziz–. ¿Vas a probar?

–Vámonos –dijo Lahcen, poniéndose de pie.

–Vale, lo siento –Aziz lo agarró por el brazo–. Siéntate, por favor.

Lahcen lo hizo de mala gana.

–¿Qué vas a hacer? –preguntó Aziz.

Lahcen se encogió de hombros.

–Nada.

Los camareros salieron a encender las luces de la terraza. Lentamente, los mosquitos se reunieron alrededor de las bombillas, iniciando una danza de atracción irresistible.

–¿Y si tus padres lo descubren?

–Puede que ya lo sepan.

Caminaron lentamente hasta la parada de autobús.

La mañana de su partida, Aziz despertó antes de que sonara el despertador. Zohra ya estaba despierta. Estaba sentada en su lado de la cama, abrazándose las rodillas.

–Vas a volver –dijo, y él no supo por su tono si era una pregunta o una afirmación.

–*Insha'llah.*

Ella se sujetó la cabeza entre las manos y contuvo un sollozo. Él la estrechó entre sus brazos y la abrazó hasta que el llanto cesó. En ese momento, si ella le hubiera pedido que se quedara, él no habría tenido el coraje de decirle que no. Pero una vez más ella era la valiente, y se secó la cara rápidamente preguntándole si ya estaba listo.

Mientras desayunaba con sus padres por última vez, Aziz trató de grabar en su memoria todas las sensaciones que pudo: el sabor del pan de trigo, el aroma del té de menta, el tacto del diván sobre el que se sentaba, el sonido de las cuentas de oración de su padre mientras él las pasaba. Sabía que durante los meses siguientes iba a necesitarlos todos para sobrevivir. Pero había algo que faltaba de su lista mental, así que se levantó y le dijo a Zohra que salía un momento. Corrió hasta la casa de Lahcen para verle antes de que se fuera a trabajar. Lahcen abrió la puerta sin camisa, con el pantalón de pijama.

–Me voy –dijo Aziz.

Abrazó a Lahcen y le dio fuertes palmadas en la espalda, como se supone que hacen los hombres. Y luego se marchó.

Mañana habrá más suerte

Cuando el ferry de la tarde dejó a los turistas en Tánger, los guías cayeron sobre ellos. Iban de un pasajero a otro ofreciendo tours por las medinas y los museos, los palacios y los bazares. Pero Murad Idrissi tenía un método diferente. Su frase era: «¿Le interesa Paul Bowles?». Eso solía funcionar, sobre todo con los de tipo hippie. Aunque el escritor hubiera muerto hacía unos meses, aún podía llevar a los turistas a la casa donde había vivido, a los cafés que frecuentaba, a los lugares donde compraba su kif. Pero en aquellos días había más guías que turistas, y Murad tenía poco trabajo.

Observó cuidadosamente a los pasajeros que desembarcaban del ferry español antes de fijarse en una pareja. La mujer llevaba una camiseta y pantalones de safari; su acompañante, una gorra de béisbol y pantalones cortos verdes. Sus mochilas les hacían inclinarse hacia delante, pero caminaban rápidamente por el muelle. Parecía tener veintitantos años, edad que no era la preferida por Murad; el tema solía funcionar mejor con gente mayor.

Aun así, pensó que eran británicos o americanos y que conocerían a Bowles; tal como iban las cosas últimamente, no podía ser muy puntilloso.

Ellos evitaron su mirada cuando se les acercó, pero el recitó su frase con una dulce sonrisa.

–¿Les interesa Paul Bowles?

Una fugaz expresión de sorpresa iluminó sus rostros, pero se hicieron a un lado. Mierda. Quizá no eran americanos.

–¿*Hablan español*? –preguntó Murad en español.

No hubo respuesta. Otro guía se deslizó entre Murad y los turistas.

–*Sprechen Sie Deutsch*? –preguntó.

Murad le echó al tipo una mirada de «yo les vi primero, lárgate de aquí». La pareja siguió andando y Murad les siguió. En el bolsillo lateral de la mochila de la mujer vio un libro. Ladeó la cabeza para leer el título: *Backpacking in Morocco*. Así que tenía razón, debían de ser ingleses.

Hace años, cuando aún estudiaba para sacar su título de inglés, iba al American Language Center de Zankat bin Mouaz, se sentaba en la biblioteca y leía todos los libros que podía. Le encantaba leer, le encantaba sentir el papel entre los dedos, el modo en que las palabras se deslizaban por su lengua, el modo en que le hacían descubrir cosas que no sabía de sí mismo.

Murad se puso a la altura de la pareja a la entrada de la terminal de ferrys. Trató de que su voz rebosara confianza cuando dijo:

–Me llamo Murad. ¡Bienvenidos a Marruecos! ¿Les gustaría visitar la casa de Paul Bowles?

–No, gracias –dijo la mujer.

Al fin una respuesta. Aún había esperanzas. Así que no les interesaba Bowles. Bueno, a Murad tampoco mucho.

–¿Quieren ver el palacio de Barbara Hutton? –preguntó.

–¿De qué está hablando éste? –preguntó el hombre. Por su acento, Murad se dio cuenta de que eran americanos, no británicos, como había supuesto.

–La heredera de Woolworth, Jack –dijo ella.

Murad pensó que los había juzgado mal; no les interesaba el Tánger de los años sesenta, así que tenía que pensar en otra cosa. Inspirándose en sus mochilas, volvió a intentarlo.

–¿Quiere ver las Cuevas de Hércules, Jack? Es muy, muy espectacular.

Jack se dio la vuelta tan bruscamente que Murad chocó contra él.

–Mire, lo siento –dijo–. No necesitamos un guía. Gracias de todos modos.

Le impresionó ver la facilidad con que se abrían paso entre la multitud de empleados del puerto, viandantes e incontables guías y vendedores. Ya estaban junto al semáforo y tenían la estación de autobuses y la fila de taxis al otro lado de la calle. El tiempo se le agotaba. Se colocó a su lado, mirándoles a los ojos mientras ellos miraban al frente.

–Puedo darles un paseo por la medina –dijo.

La pareja siguió ignorándole.

–¿Necesitan una habitación de hotel? Conozco un sitio donde pueden conseguir un buen precio.

Nada. Desesperado, susurró:

–¿Quieren hachís?

Los coches que pasaban lanzando nubes de humo negro ahogaron su voz.

Él no estaba seguro de que le hubieran oído, pero cuando el semáforo se puso verde, hubo una ligera vacilación en el paso de la mujer, que se giró por primera vez para mirar a Murad. Entonces Jack la agarró por el hombro.

–Eileen –dijo.

Ella tenía frente ancha y piel clara, pero fueron sus ojos azules los que sorprendieron a Murad. Había algo en ellos que reconoció; resignación, quizá.

Estaban ya en la estación de Petits-Taxis.

–Puedo conseguirles un buen precio –insistió Murad, con voz algo más aguda de lo que hubiera deseado y tono suplicante a su pesar. Ni siquiera llevaba drogas encima, pero si decían que sí, siempre podía conseguir algo de algún traficante. Y si le decían que sí, seguramente podría sacarse cuarenta dirhams, más o menos, lo bastante para pagar la comida de varios días. Las manos de Jack apretaron perceptiblemente el codo de Eileen mientras la conducía hacia un taxi y le abría la puerta para que subiese. Se acabó. Murad inspiró hondo.

Se dio la vuelta y contempló el muelle. Pensó en volver, pero los turistas ya se habrían ido. Avanzó lentamente hacia Bab el Bahr, la Puerta del Mar, dando patadas a los guijarros por la carretera. La suela de su zapato se despegó. Soltó una ristra de maldiciones y apretó el pie contra el suelo para esconder la goma suelta. Cuando pasó frente a la gran mezquita, oyó al muecín llamando a la oración de última hora de la tarde. Aquel día no habría más ferrys.

De mala gana se dirigió a su casa en la medina. Aquella semana había vuelto a casa todos los días con las manos vacías. Deambuló por estrechas callejuelas durante un rato hasta que llegó a su edificio de apartamentos. Subió por las escaleras hasta el piso de arriba con la velocidad de un hombre que se va a enfrentar al pelotón de fusilamiento. Desde el descansillo oyó la pegadiza música de una serie egipcia. Se apoyó contra la puerta de hojalata del piso y entró. El olor cálido y húmedo de la plancha le cosquilleó en la nariz y estornudó. Su madre alzó la vista de la tabla donde planchaba las camisas de trabajo de su hermana. Detrás de ella, las únicas ventanas del cuarto de estar estaban abiertas, mostrando un mar de antenas normales y parabólicas bajo el cielo claro. Murad le besó el dorso de la mano.

–Que Dios te bendiga –dijo ella.

Él se quitó la chilaba que se ponía cuando iba a trabajar con los turistas. Se quedó con los viejos vaqueros y una camiseta blanca. Se sentó junto a ella, con las manos pegadas al gastado terciopelo de la funda del diván, y suspiró.

–¿Cómo te fue el día? –preguntó ella.

–Los negocios van mal –contestó, apartando la vista.

–Mañana tendrás más suerte.

Murad pensó que ella le decía eso todos los días, pero su suerte no parecía mejorar. Miró la televisión, donde un hombre moreno y guapo cortejaba a una chica rechoncha con demasiado maquillaje en los ojos, prometiéndole que hablaría con sus padres en cuanto hubiera encontrado un trabajo y ahorrado suficiente dinero para la dote. Murad se quitó el zapato y revisó la suela.

–¿Seguimos teniendo esa cola de zapatero? –preguntó.

–En el armarito.

Murad fue al único dormitorio del piso, donde dormían su madre y su hermana Lamya. Él y su hermano menor Jalid pasaban la noche en los divanes del cuarto de estar. Había sido una suerte que los dos hijos intermedios, los gemelos Abd el Samad y Abd el Sattar, hubieran conseguido una beca y hubieran ingresado en la facultad de medicina de Rabat justo cuando la familia encontró el piso, unos meses después de que falleciera el padre de Murad. No hubiera habido sitio para dos personas más allí. Sacó la cola del armarito y, sin molestarse en cerrar las desiguales puertas de madera, volvió al cuarto de estar. Empezó a arreglarse el zapato.

–¿Dónde está Lamya?

–Trabajando.

La hermana de Murad era recepcionista de una empresa de importación y exportación en el centro. Amargamente recordó que a él lo habían rechazado en un trabajo semejante porque querían a una mujer.

–¿No debería estar en casa ya? –preguntó.

Su madre lo ignoró y siguió planchando, con los ojos puestos en el televisor.

–¿Y Jalid?

–Está en la escuela. –La madre mojó los dedos en un cuenco de agua y salpicó la manga de una camisa antes de pasarle la plancha caliente–. ¿Por qué todas esas preguntas? –dijo.

–Por nada. –Cerró el bote de cola con cuidado y luego metió el zapato bajo la pata de la mesa para que se secara.

Su madre acabó de planchar las camisas, las colgó en perchas metálicas y se las llevó. Cuando volvió, se sentó en silencio junto a él.

–Hoy han pedido la mano de tu hermana.

–¿Quién?

–Un compañero de trabajo. Vino a hablar con tu tío y conmigo.

–¿Mi *tío*? –Murad sintió que se le enrojecía la cara de furia al oírlo.

–Bueno, sí –dijo su madre.

–¿Por qué no me lo dijiste?

–Te lo estoy diciendo.

Él dio una palmada en la mesa y se levantó.

–Ahora soy el hombre de la familia –dijo. Su padre había fallecido hacía tres años en un accidente. Volvía andando a casa del café donde tomaba té, contaba historias y jugaba al ajedrez con sus amigos cada tarde, cuando el conductor de un Renault rojo trató de adelantar a un Fiat, se salió de la calzada y le atropelló.

–Habrá una ceremonia de compromiso y tú estarás allí. Podremos celebrarlo cuando te toque a ti.

Murad se preguntó cómo podía decir eso su madre tan despreocupadamente, cuando sabía que sin trabajo no le iba a tocar nunca.

–¡Debería haber estado al corriente! –exclamó.

–No me hables en ese tono. ¿Vas a pagar la boda?

–¿Crees que soy invisible sólo porque no tengo trabajo? Soy su hermano mayor. Deberías haber acudido a mí.

Murad se recostó en el diván. Estaba mirando la televisión, pero sus ideas vagaban. La vida de Lamya avanzaba: tenía trabajo y ahora se iba a casar. Los gemelos estaban aún en la facultad de medicina, pero no había duda de que les esperaba un futuro brillante. Los médicos seguían encontrando trabajo. ¿Y él? Se maldijo a sí mismo. ¿Qué tenía él de malo? Quizá no hubiera debido ir a la universidad a aprender inglés, a perder el tiempo en conocer un idioma y su literatura. A nadie le interesaban esas cosas. Al principio, cuando acababa de graduarse, peinaba los periódicos buscando anuncios y escribía largas y confiadas cartas de presentación; pero a medida que pasaban los meses y los años, cogía cualquier cosa que encontraba, trabajo temporal o estacional. Ahora se preguntaba si debería haberse puesto a trabajar con los contrabandistas, trayendo mercancías libres de impuestos de Ceuta, en lugar de perder el tiempo en la universidad.

Al anochecer, Murad se dirigió hacia el zoco Chico. Dio un pequeño rodeo para evitar pasar por el edificio Al Najat, donde había tenido la única entrevista prometedora en los seis años transcurridos desde que terminara la universidad. Tardaba cinco minutos más y tenía que caminar por una callejuela estrecha donde salía agua lodosa de una alcantarilla rota, pero era mejor que ver a los empleados saliendo del trabajo.

Llegó al café La Liberté hacia las siete y pidió una taza de café. Era espeso y sabía a alquitrán. No contribuyó en nada a mejorar su humor. A su alrededor, hombres mayores con turbantes fumaban cigarrillos sin filtro mientras jóvenes con la cabeza descubierta jugaban a las cartas. El televisor que colgaba de la pared del fondo emitía un partido de fútbol, Real Madrid-Barcelona. Murad miró con interés, por lo que no vio a Rahal hasta que éste se sentó a su mesa. Rahal le dedicó una sonrisa que parecía de reptil, debido a sus grandes ojos, demasiado separados, y su cabeza calva. Murad hizo un gesto con la cabeza, pero siguió mirando el partido.

Rahal pidió té de menta y luego lo sirvió, alzando lentamente la tetera hasta formar espuma en el vaso. Se recostó contra la pared de azulejos.

–¿Has pensado en lo que hablamos la semana pasada?

Rahal lo había animado a que se embarcara en uno de los viajes a España. Murad ya le había dicho dos veces que no estaba interesado, pero el hombre no se daba fácilmente por vencido.

Murad negó con la cabeza.

–No creo que sea una buena idea.

Rahal jugueteó con el azucarillo que tenía en el plato. Le daba vueltas y vueltas entre los dedos.

–Deja que te pregunte una cosa. ¿Cuánto dinero has ganado este mes?

–Ahora mismo estamos en temporada baja. Las cosas mejorarán en verano.

Rahal sonrió.

–No puedes ser guía para siempre. Nunca conseguirás vivir de eso.

Murad bebió un sorbo de café y siguió mirando el partido.

–Buen tiro –dijo, señalando la pantalla–. Va a ganar el Barcelona.

Rahal no levantó la vista para mirar la televisión.

–En España –dijo–, alguien como tú conseguiría trabajo inmediatamente.

–No sé –dijo Murad.

–Mira, no suelo hablar de esto, pero puedo decirlo. Puedo decir enseguida si alguien va a conseguirlo o no. Y tú lo harás. Tú no eres como los demás.

Murad sonrió. ¿Pensaría Rahal que se iba a creer aquello?

–Haz lo que quieras –dijo Rahal–. Sigue haciendo de guía. Quizá dentro de diez años hayas ahorrado lo suficiente para irte de casa de tu madre.

Murad miró hacia abajo. En su taza, una espuma amarillenta se disolvía lentamente en el café negro.

–¿Cuánto? –preguntó.

–Veinte mil dirhams.

Murad se puso en pie de un brinco. Rahal lo agarró de la muñeca y tiró para que volviera a sentarse.

–Si me cogen, voy a la cárcel –susurró Rahal.

Murad se enfadó con él. ¿Cómo podía preocupar la cárcel a Rahal? En el pasado había traficado con drogas, y ahora llevaba gente a España porque daba más beneficios. Hacía quince años, el jefe de Rahal era un simple pescador, pero ahora poseía una flota de esos pequeños barcos y contrataba a contrabandistas como Rahal para que trabajaran para él.

–¿Y yo? –preguntó Murad, señalándose el pecho con el pulgar.

–Tú no irías a la cárcel.

–No tengo veinte mil.

–¿Y tu familia?

–Mi padre ha muerto, que Dios tenga misericordia de él. Mi madre no tiene dinero. Si no fuera por mi tío y mi hermana, estaríamos en la calle.

–¿No pueden prestarte dinero?

–No tanto.

–Es muy buen precio –dijo Rahal–. Nunca hemos tenido problemas.

–Sólo puedo conseguir ocho mil –dijo Murad, aunque se preguntaba cómo iba a convencer a su tío y su hermana de que le dejaran esa suma.

Rahal rió.

–Esto no es un juego. Nos arriesgamos mucho. –Volvió a llenar su vaso de té–. Tenemos Zodiacs, no las pateras que usan otros.

Murad recordó las barcas de pesca hundidas que la Guardia Civil amontonaba en la costa española, visible desde el lado marroquí. Pensaban que asustarían a la gente. No era así.

–Diez mil –dijo Murad.

–*La wah, la wah*. No puedo hacerlo por tan poco.

–¿Crees que diez mil es poco?

–Yo no me llevo todo. Tengo que pagar el combustible, no lo olvides. Y luego está la policía. Tengo que untarlos. –Rahal hizo girar el azucarillo que le sobraba entre los dedos. Con un movimiento rápido, se lo metió en el bolsillo–. Déjame decirte una cosa. ¿Conoces a Rashid, el panadero? Su hermano se fue en una de nuestras embarcaciones hace unos ocho meses. Ahora está en Barcelona y manda dinero a su familia todos los meses.

Murad no se cansaba de oír historias como aquélla. También había oído historias de horror –sobre personas ahogadas, detenciones, deportaciones–, pero las únicas que se contaban una y otra vez en el vecindario eran las buenas, acerca de gente que lo había conseguido. El año pasado, el hermano de Rashid no era más que otro joven sin trabajo, un chico al que le gustaba fumar hachís y hacer esculturas de aspecto extraño con cajas vacías de cerillas, que luego intentaba vender como arte. Y ahora, mira. Murad hizo una inspiración profunda.

–Doce mil. Ni uno más –dijo finalmente–. Por Dios, es imposible que les saque más.

Aunque hablaba de «ellos», sabía que Lamya no le daría ni un rial. Para empezar, tenía que pensar en su próxima boda; además, no se imaginaba a sí mismo pidiendo ayuda a su hermana pequeña. Pero en el caso de su tío era diferente. Podría hablar con él, de hombre a hombre, y pedirle un préstamo. Seguramente el anciano no diría que no, después de haber ofendido a Murad con el asunto de la boda de su hermana.

–Si me das los veinte mil, te consigo un trabajo. Garantizado. Como el hermano de Rashid.

Murad suspiró.

–Vale –dijo.

–Pero escucha. Hay gente que se raja. Yo no quiero perder el tiempo.

–No soy de los que se rajan.

Rahal dio un sorbo de té.

–Bien. Cuando llegue el momento, te llamaremos. Nos encontraremos en la playa de Bab al Oued.

–¿Cuándo nos vamos?

–¿Cuándo puedes traerme el dinero?

Murad desvió la mirada.

–Pronto –dijo.

Después de abandonar el café La Liberté, Murad volvió a la playa. Encontró un lugar cerca de la Casbah desde donde podía ver el Mediterráneo. Estaba oscureciendo. A lo lejos, las luces de los coches del lado español parecían muchos pequeños faros, balizas que advertían a los visitantes que se mantuvieran alejados. Pensó en los visados de trabajo que había pedido. Durante los últimos años, los cupos se habían llenado rápidamente y a él lo habían rechazado. En el fondo de su corazón sabía que si pudiera conseguir trabajo, llegaría lejos, tendría éxito, como su hermana hoy, como sus hermanos harían en un futuro. A su madre no se le ocurriría dejar a un lado su opinión, tal como hacía ahora. Y España estaba tan cerca, al otro lado del Estrecho...

Echó a andar por el zoco. Vio a unos cuantos turistas vagando por el mercado. No podía entender a aquellos extranjeros. Podían ir a un buen hotel, dormir en una cama limpia, ir a la playa o la piscina, y estaban aquí, en la peor parte de la ciudad, buscando algo exótico. Pensó en hablar con uno o dos de ellos, pero su corazón estaba en otra parte.

El olor a carne asada le tentó, y se detuvo en un puesto que hacía *kefta* y brochetas. Mientras esperaba su pedido, oyó a una mujer que hablaba en inglés y se giró para mirar. Era una que había visto antes aquel día. ¿Cómo se llamaba? Eileen. Tenía abierta una guía en una mano y señalaba hacia delante con la otra. «Creo que es por ahí», dijo. Cuando alzó la vista y se encontró con su mirada, Murad se preguntó si le reconocería sin su chilaba. Ella sonrió. Él vio la facilidad con que ella se comportaba, la despreocupación en su actitud, libre de la carga de tener que sobrevivir, y la envidió por ello. Le sonrió a su vez.

–¿Sabe dónde está el café Central? –preguntó ella. Así que tenía razón después de todo. Habían ido a Tánger en busca de la generación *beatnik*. Qué fácil le hubiera resultado incorporarse en ese momento a su excursión; podía enseñarles el café donde Bourroughs fumaba kif o el hotel donde escribió *El almuerzo desnudo*. Pero todo eso había pasado; ya estaba pensando en su nuevo comienzo, en una nueva tierra. Señaló hacia abajo de la calle.

–Por ahí –dijo–. Frente a la pensión Fuentes.

Y se dio la vuelta para recoger su comida.

SEGUNDA PARTE

Después

El santo

Farid la había salvado. Algunas personas decían que era imposible. Decían que el chico sólo tenía diez años, que a duras penas podía haberse salvado a sí mismo y menos a su madre. No creyeron a Halima cuando les dijo que él había cogido un palo para tirar de ella en el agua hasta llegar a la orilla. Le preguntaron de dónde había sacado el palo, pero ella dijo que no lo sabía. Está loca, dijeron, barrenándose la sien con el dedo. Hay que disculparla, después de todo lo que ha pasado.

Pero otra gente la creía. Halima podía haberse ahogado con los demás, dijeron. El capitán les había obligado a saltar antes de llegar a la orilla. El agua estaba helada, la corriente era fuerte, Halima no sabía nadar. Pero Farid había tirado de ella hasta ponerla a salvo. Y aunque la policía española los estaba esperando en la misma playa, al menos estaban vivos. Además, el chico también había ayudado a su hermana, Mouna, y a su hermano pequeño, Amin. Habían sobrevivido todos. Farid era un santo.

Hasta su marido, Maati, pensaba que era un milagro. Cuando descubrió que ella quería cruzar el estrecho de Gibraltar, dio una patada al televisor y rompió los platos que les quedaban. Le dijo a todo el mundo que si lo que Halima quería era el divorcio, ¿por qué no le pagaba, como él le había pedido? Se hubiera divorciado de ella. Y ¿qué eran cinco mil dirhams para una mujer cuyos hermanos trabajaban en Francia? Podían permitírselo. Pero llevarse a sus hijos, marcharse así, arriesgar su vida y la de ellos eran claramente cosas de una mujer loca. ¿Era de extrañar que él le pegara? Pero hasta una *hemqa* como Halima había hecho una cosa bien, dijo: había dado a luz a Farid y el niño le había salvado la vida. Tenía suerte.

Cuando Halima volvió a Casablanca, no se fue a vivir con su madre, que nunca había estado de acuerdo con su decisión de marcharse y que trataría de convencerla de que volviera con Maati, según se temía. Pidió dinero prestado otra vez a uno de sus primos y alquiló una habitación con sus tres hijos en Sidi-Moumen, un suburbio fuera de la ciudad. No pudo encontrar un trabajo de limpiadora como el que tenía antes de marcharse, así que se unió a la multitud de gente que se ofrecía en el mercado y se pasaba el tiempo en la carretera de tierra, esperando un gesto de alguien que necesitara que le lavasen la ropa o le hicieran una limpieza de primavera. Primero llegaban los vendedores, con los carros llenos de naranjas, tomates o guisantes. Luego aparecían los compradores, que regateaban y compraban su comida. Después de comer, el mercado se iba vaciando lentamente y, tras la oración de la tarde, ella se iba a casa. A veces, cuando no podía conseguir faena, cuando el sol caía sobre ella hasta que le parecía que su cabeza iba a ponerse a silbar como un calentador de agua, se enfurecía con Farid. ¿Por qué la había salvado? ¿Por qué había salvado a todos? Vivir no tenía sentido cuando lo único que se podía hacer era sobrevivir.

Entonces un día consiguió que uno de los vendedores, que había vaciado casi todo su carro a mediodía, le diera los restos de unas mazorcas de maíz sobrantes. Ella decidió asarlas para la cena. Estaba atizando el fuego con el *rabuz* cuando alguien llamó a la puerta. Era Maati llenando el estrecho umbral con su cuerpo. Llevaba la camisa abierta hasta el pecho, mostrando un vello que empezaba a encanecer. Tenía los ojos inyectados en sangre. Halima se giró en redondo y escrutó la habitación, tratando de encontrar un sitio donde esconderse en un lugar tan pequeño. Pero Maati la agarró por la muñeca y, sin moverse, la atrajo hacia sí. Ella se mordió el labio y se preparó para recibir el golpe. Pero él no le pegó, sino que le puso un papel en la mano.

–Si esto es lo que querías –dijo–, ya lo tienes.

Y, como para subrayar esta declaración, le escupió encima. Halima se dio cuenta de que eran los papeles del divorcio, con la elegante escritura e inconfundible firma del *aduls* abajo. Él se dio la vuelta y se marchó.

Halima se quedó allí de pie, asombrada. El miedo que le había encogido el estómago al ver a su ahora ex marido desapareció, y cuando éste pasó, sintió que la sangre le fluía a las sienes. Tuvo una sensación de júbilo totalmente nueva para ella. Lo había intentado todo para conseguir aquel papel, y cuando menos lo esperaba, se lo llevaban a la misma puerta. ¿Qué había hecho cambiar de actitud a Maati? Halima sabía por su madre que, apenas un mes después de que ella se marchase, Maati había tratado de casarse otra vez, pero los padres de la chica se habían enterado de lo ocurrido a Halima y lo rechazaron. Quizá él quisiera borrarla de su vida y empezar de nuevo con otra mujer. Pero entonces recordó el largo viaje en tren de Tánger a Casablanca, cuando Farid le había dicho: «Me hubiera gustado que Baba se hubiese divorciado de ti la primera vez que se lo pediste». Ella había reído ante el comentario, le había acariciado el pelo y se había vuelto para ver el paisaje. Dobló cuidadosamente la hoja de papel y la metió en su bolso. Con manos aún temblorosas, puso un calentador de agua sobre el *mijmar* y se preparó un té. El deseo de Farid le había sido concedido. Tenía el divorcio. Se sentó con la barbilla apoyada en la mano, pensando en lo que aquello significaba. Y recordó el árbol sangrante.

Cuando Halima tenía cinco años, su madre había vuelto del mercado emocionada con algo que había oído: había un árbol sangrante, un árbol santo en Rabat. Se llevaron la comida y tomaron el tren a la capital, viajando en el vagón de cuarta clase, donde los granjeros se sentaban en bancos de madera, con sus cestas y gallinas. Fue el primer viaje de Halima a la ciudad, y le decepcionaron las calles silenciosas, los cuidados céspedes que había ante los edificios gubernamentales. El árbol sangrante estaba en una parcela con escasa vegetación frente al mercado de flores, a unos pasos de la jefatura de policía. Una docena de personas estaban ya allí, algunas sentadas y otras de pie. Ellos les contaron a Halima y su madre la historia del árbol. Un constructor había intentado derribarlo para hacer un edificio, pero cuando los obreros trataron de talarlo, empezó a sangrar. Los peregrinos aparecieron poco después, unos recogiendo aquel líquido rojo como la sangre para usarlo en cocciones y otros utilizando el lugar para sus rezos. Hubo que detener las obras. Ese día las autoridades habían mandado a un científico para explicar a la gente que no se trataba de ningún milagro.

Halima y su madre se abrieron camino hasta la primera fila de la multitud, donde podían ver mejor al científico. Era un hombre joven, con el pelo revuelto hacia arriba al estilo afro, como esos cantantes americanos que salían en la televisión. Llevaba una camisa de rayas y

pantalones de campana. Tenía un lápiz detrás de la oreja.
Se quedó comiendo pipas tranquilamente hasta que todo
el mundo se sentó. Luego se acercó al árbol, abrió una
navaja del ejército suizo e hizo una incisión en el tronco.
Apartó el trozo de corteza y, señalando la savia de color
rojo, dijo que era una sustancia normal que producía esa
clase de eucalipto. Llamó al árbol por un nombre raro,
que sonaba a francés o español. El árbol llevaba produ-
ciendo savia desde hacía cien años, quizá más. Era totalmente natural. No había ningún milagro. No había nada
que ver. Váyanse a casa, dijo. La gente se puso de pie, se
miraron unos a otros, pero siguieron allí. El científico
se encogió de hombros y se marchó. Hombre insensato,
dijo la gente. ¿Qué sabrá él de milagros? Ha mancillado
esta tierra sagrada. Señalaron la tierra blanda y húmeda,
donde quedaban las cáscaras de las pipas, un testimonio
de su paso por el santuario. La madre de Halima pasó sus
dedos torcidos por el tronco y cogió algo de savia en un
frasco vacío de pastillas.

Después del viaje a Rabat, la madre de Halima volvió
a Casablanca con la esperanza de que la artritis, muy
dolorosa últimamente, mejorara; que sus oraciones fueran escuchadas. El padre de Halima, que siempre estaba
sentado en el diván de la esquina fumando cigarrillos sin
filtro, meneaba la cabeza y decía que estaba loca. Pero
durante un tiempo, la madre de Halima mejoró. Empezó
a hacer punto de nuevo, y el sonido de sus agujas traba-

jando fue el sonido de fondo de cada velada durante un mes. Pero pronto llegó de Rabat la noticia de que el constructor había cortado el árbol y había empezado a hacer el nuevo edificio. Cuando la artritis volvió a empeorar, la madre de Halima dijo que era porque habían cortado el árbol.

Halima bebió un sorbo de té y movió la cabeza. No había habido milagros para su madre, y quizá no los hubiera para ella. Aun así, aunque podía creer a la gente cuando le decían que había soñado lo del palo y el rescate, el cambio de opinión de Maati era otra cosa. Sólo un milagro podía haber hecho que aquel hombre le devolviera la libertad. Halima pensó que a veces era mejor aceptar las cosas que no se podían entender. Su hijo Farid le había devuelto a la vida. Dos veces. Sí, aquello era diferente.

Por la noche, cuando ella y los niños se acostaron en la estera, ella se colocó de costado, mirándolo durante horas, reviviendo mentalmente su joven vida. Se preguntaba si habría habido algún otro milagro del que no se había dado cuenta por no prestar atención. Como cuando iba andando con él, de la mano, camino al mercado de Lakrie. Un motorista dio un giro brusco cuando ella bajaba de la acera y su Honda se dirigió hacia ella. Farid había tirado de su madre justo a tiempo. Ella se quedó en la calzada, con las piernas temblando, una mano apoyada en el hombro de Farid y una en su propio pecho, como si pudiera detener los latidos de su corazón.

Cerró los ojos y se recostó sobre la espalda. Este hijo suyo era un *mardi*, un niño bendito.

Jadija, la vecina, fue la primera que preguntó. Fue a la casa una tarde, arrastrando de la mano a su hijo Adnan, obligándole a sentarse junto a ella en la estera. Permaneció callada mientras Halima preparaba té, usando la menta y el azúcar que le quedaba. Farid se sentó con ellos mientras sus hermanos jugaban con unas cuerdas, haciendo formas que parecían camas o barcos, pasando la cuerda hacia delante y hacia atrás. Halima sirvió el té y, tras la habitual charla intrascendente, Jadija jugueteó con los bordes de su bata, se mordió el labio y pidió el favor. Dijo que su Adnan tenía que rendir los exámenes elementales, que necesitaba ayuda y un poco de suerte.

–Ya suspendió el año pasado –dijo–. Si vuelve a suspender este año, le expulsarán. ¿Te imaginas, *ya* Halima? ¿Qué haré con él si no puede hacer el bachillerato? –Se golpeó la mejilla para subrayar sus palabras.

–¿Por qué no le obligas a quedarse en casa y estudiar? –repuso Halima, irritada porque Jadija le hiciera una petición así. Todo el mundo sabía que Adnan tenía la costumbre de hacer novillos e irse a jugar al fútbol a la calle.

–Pero quizá tu hijo pueda darle una bendición –insistió Jadija. Halima negó con la cabeza. La otra no se desanimó–. ¿No dijiste que te había salvado la vida? ¿No dijiste que salvó la vida de tus hijos?

Halima asintió de mala gana. Farid apoyó la cabeza en su brazo, como para consolar a su madre por su error. Ella extendió ante sí las manos abiertas.

–No es más que un niño –adujo–. Además, si pudiera hacer milagros, ¿estaríamos viviendo así?

–Deja que Farid bendiga a mi hijo –dijo Jadija–. Deja que nos traiga un poco de suerte.

–Si Adnan estudiara, no necesitaría suerte –murmuró Halima.

Jadija no contestó, sino que le lanzó una mirada dolida. El silencio empezó a resultar incómodo, pero Jadija no parecía tener intención de marcharse. Finalmente, Halima dio un codazo a Farid. Él extendió la mano y tocó la cabeza de Adnan sin mirarle. Su primera bendición; ya era un santo involuntario.

Halima estaba lavando los platos cuando Farid se acercó a ella.

–¿Es verdad? –preguntó.

–¿Qué?

–Que soy un santo.

–Maldito sea el diablo, niño –dijo ella, negando con la cabeza–. Esa mujer está loca. –Cogió la bandeja y se la llevó a la cocina–. No olvides sacar la basura.

–Entonces, ¿por qué me dijiste que tocara a su hijo?

–Porque era la única manera de que se fuera. ¿No te diste cuenta?

Farid asintió.

–No te importa, ¿verdad? –dijo Halima, acariciando el pelo de su hijo–. No duele, ¿verdad?

El niño se encogió de hombros.

–No.

–Al menos, así se fue contenta a casa.

Farid cogió la basura y salió en silencio. Desde la cocina, Halima oyó a Amin y Mouna burlándose de él por la bendición.

–Tócame la nariz –dijo Mouna, riendo–. Creo que gotea. Necesita un poco de *baraka*.

–¿Y mi culo? –dijo Amin–. A lo mejor los pedos me huelen a perfume.

Farid cerró de un portazo, pero las risas no cesaron.

Incluso con un santo en casa, Halima seguía teniendo que ganarse la vida. Su madre le habló de un trabajo de limpieza dos veces a la semana en el despacho de un abogado, pero cuando fue a preguntar, le dijeron que ya estaba ocupado. Así que empezó a vender *beghrir* en el mercado. Todos los años, cuando la gente probaba el *beghrir* que hacía para el Eid, la felicitaban por su esponjosidad. De vez en cuando hacía una hornada de milhojas para atraer a los estudiantes que volvían a casa de la escuela. Le gustaba trabajar para sí misma y se le daban bien las ventas. Pensó que las cosas estaban funcionando al fin. A veces, de regreso a casa, encontraba a Adnan jugando en la calle y lo llevaba hasta su casa de la oreja, diciéndole que había recibido una bendición y que no debía desperdiciarla jugando al fútbol. Pronto Adnan se alejaba corriendo cada vez que la veía aparecer por la esquina con su bolsa de rafia en equilibrio sobre la cabeza.

Un día de junio, Halima y sus hijos llegaron a casa y se encontraron a Jadija esperándoles, con un *qaleb* de azúcar bajo el brazo. Le entregó el *qaleb* a Halima, agradecida. Adnan había aprobado los exámenes. Halima murmuró una felicitación y se dio la vuelta para meter la llave en la cerradura. Jadija no se iba. Se quedó de pie tan cerca de Halima que ésta sentía su cálido aliento junto a su cuello. Halima bajó la bolsa de rafia y la apoyó sobre la cadera.

–Adnan ha debido de estudiar bastante –dijo.

Jadija pareció no oírla. Siguió mirando a Farid con cara de respeto. Halima rodeó los hombros de su hijo y le condujo junto a sus hermanos al interior de la casa antes de volverse hacia su amiga.

–*Uqbal* el año que viene. *Insha'allah* tenga la misma suerte.

Halima cerró la puerta y suspiró.

–Ahora va a querer más –dijo–. Y va a comentarlo con la gente.

Farid ya estaba quitando el papel azul del cono de azúcar. Partió tres trozos y les dio uno a cada uno de sus hermanos antes de meterse uno en la boca. Sonrió.

–Dijiste que no dolía.

Una semana más tarde, Halima estaba haciendo la masa del *beghrir* cuando llamaron a la puerta. Mouna abrió. La madre de Halima, Fatiha, entró apoyándose en su bastón.

–¿Qué estás haciendo aquí? –preguntó Halima, levantándose.

–¿No puedo venir a ver a mis nietos? –replicó Fatiha con una mirada indignada–. Ya no me los traes nunca, así que tu pobre madre tiene que coger el autobús desde tan lejos para verlos. –Se quitó la chilaba y se sentó en la estera.

Halima se temió el motivo de esa inesperada visita. ¿Trataría su madre de convencerla de que volviera una vez más con Maati? ¿Le pediría que dejara de vender comida en el mercado y que consiguiera un buen trabajo? Fuera lo que fuese, Halima sabía que la visita no significaba nada bueno.

–Id a jugar fuera –dijo a los niños.

–Espera –dijo Fatiha. Rebuscó algo en su bolso y sacó un puñado de caramelos–. Les he traído unos dulces.

Amin y Mouna corrieron a coger su parte y desenvolvieron ruidosamente los caramelos, comparando colores y sabores.

–Toma unos, Farid –dijo Fatiha, extendiendo la mano artrítica.

El niño negó con la cabeza.

–No me apetecen los caramelos.

–Bueno, al menos acércate, déjame verte.

–Voy a jugar fuera. –Agarró la pelota de fútbol deshinchada y se marchó, seguido por sus hermanos.

Fatiha chasqueó la lengua.

–Qué malos modales –dijo.

–¿Nunca puedes decir algo positivo? –preguntó Halima. Pensó que era típico de su madre encontrarles defectos a tres niños tan dulces como Mouna, Farid y Amin.

Fatiha apretó los labios y se quedó callada durante un rato, mirando cómo su hija vertía masa sobre la piedra del horno.

–¿Has ido al médico? –preguntó Halima.

–¿Para qué?

–Por tu artritis.

Fatiha gruñó que ya había ido a muchos médicos.

–Deberías volver. Seguro que ahora tienen mejores medicamentos.

–No necesito medicamentos. Estoy bien –dijo su madre con voz temblorosa–. Además, ¿para qué iba a preocuparme por mí si mi propia hija no se preocupa lo suficiente como para que me bendigan?

Halima sacudió la cabeza. La afición de su madre por el melodrama era algo a lo que nunca se acostumbraría. No podía acostumbrarse a la gente que esperaba que los demás les solucionasen los problemas en lugar de confiar en sí mismos. Cogió el primer *beghrir*, lo colocó en la bandeja y echó más masa.

–Nos preocupamos por ti –dijo Halima–. Toma, prueba esto.

Fatiha enrolló el *beghrir* y lo probó.

–Dios, está delicioso.

–Yo misma te llevaré al médico.

–No tengo dinero para ir al médico.

–No te preocupes. Yo pagaré –dijo Halima, y le tocó el brazo como para consolarla. Luego se volvió para ver cómo subía la masa del *beghrir*. No se dio cuenta de que la luz menguante de la tarde alargaba las sombras tras ella, enmarcando su cuerpo como los arcos de un santuario.

La odalisca

El adolescente era el cliente favorito de Faten. No era lo que se podría llamar un cliente fijo, como los hombres de los viernes por la noche o los de primero de mes, los que venían a ella como quien se detiene en la panadería y compra un pastel de más para el café porque acaban de pagarle. Durante los cinco meses que hacía que le conocía, sus visitas no habían seguido un esquema regular, pero cada vez que ella veía su coche acercándose por la calle Lucía, arqueaba la espalda, ladeaba la cadera y sonreía. Además, él siempre bajaba del coche, cosa que no se podía decir de los demás, los hombres que le hablaban mientras se inclinaban sobre el volante, como si pasar más de un minuto decidiendo a quién iban a follar fuera perder demasiado tiempo. Él era diferente.

Se llamaba Martín. Al principio ella supuso que era un nombre falso, pero alguien le llamó una vez al móvil, justo después de que le pagase, y ella oyó una voz ronca al otro lado de la línea gritando el nombre. Sonaba como un policía; alguien con autoridad, acostumbrado a dar órdenes. Más tarde, ella le preguntó quién era, y él dijo que su padre, que le llamaba desde Barcelona para preguntar por qué estaba fuera de casa tan tarde, como si aún fuera un niño. Martín le explicó que era el menor de los hijos de los dos matrimonios de su padre. Movió la cabeza y guardó el teléfono, gruñendo que el viejo estaba chocheando.

Ella no sabía el apellido de Martín. Lo que sabía era que se había trasladado a Madrid hacía poco para ir a la universidad Complutense. Nunca hablaba de lo que estudiaba, y ella no le preguntó, porque temía que le trajera recuerdos de sus años de estudios en Marruecos y no quería pensar en aquellos tiempos de su vida, cuando el mundo aún parecía lleno de promesas y posibilidades.

En cierto modo, a Faten le gustaba no saber cuándo iba a aparecer. Así podía esperar algo, y si aparecía, era como un regalo, algo que podía desenvolver y contemplar a su gusto. Cuanto más tarde fuera, mejor era la sorpresa. Y también estaba la posibilidad de que si llegaba tarde por la noche, sería el último, así que no importaba si se quedaba más tiempo con él. Eso la ayudaba a pasar las noches malas, cuando llovía o cuando las chicas discutían. Las chicas españolas solían pelearse con las marroquíes, las rumanas o las ucranianas, pero era una lucha inútil. Todas las semanas llegaba una nueva chica inmigrante a la zona.

Martín le recordaba a un vecino que le gustaba cuando era pequeña. En aquella época, la habían mandado a vivir a Agadir con una tía porque su madre no podía permitirse tenerla en Rabat, pues su padre las había abandonado y lo que el tribunal le ordenó pagar nunca llegó a materializarse. Faten estuvo en la ciudad costera hasta que cumplió catorce años y le creció el pecho hasta la talla 95. El soltero de al lado había empezado a pasarse por su casa con cualquier excusa, pidiendo una taza de azúcar o un vaso de aceite. Entonces la tía de Faten decidió que era el momento de que volviese a la capital.

Faten se fue a vivir con su madre al suburbio de Douar Laja, un lugar donde las ollas de cuscús se usaban como antenas parabólicas. Vivió allí seis años, y en aquel lapso de tiempo había conseguido graduarse en el instituto, ir a la universidad, encontrar a Dios y unirse a la Organización Islámica Estudiantil. Tuvo la mala suerte de hacer un comentario despectivo sobre el rey Hassan que oyó un soplón, pero pudo escapar milagrosamente a la detención gracias a un soborno. Así que cuando su imán sugirió que abandonara el país, ella no discutió. Hizo lo que le mandaban. Pero su imán no estaba allí cuando el guardia civil español la cogió, a ella y los demás inmigrantes ilegales, y tampoco estaba allí cuando tuvo que abrirse camino sola en España. Ahora nadie podía decidir por ella si veía a Martín o no.

Aquella noche se había dado bien. Había ganado un buen dinero y Martín fue su último cliente. Subió a su coche y bajó el espejo del pasajero, secándose la cara con un kleenex y repasando el pintalabios. Le echó una mirada. El pelo castaño claro se le estaba cayendo prematuramente y sus finos labios se le hacían más finos aún cuando se emocionaba. Llevaba unos pantalones oscuros y una camisa abotonada por fuera, con un arabesco de letras doradas que danzaban en un fondo rojo oscuro. Ella le preguntó qué quería hacer.

–Hablar –dijo–. ¿Podemos?

–*Claro que sí* –dijo ella en español.

Él puso en marcha el coche y condujo lentamente por la calle Lucía, dirigiéndose hacia Huertas. Faten apoyó la cabeza en el asiento y estiró las piernas, con los pies doloridos de tanto permanecer de pie con tacones altos. Había sido tan difícil acostumbrarse a los tacones como a las faldas cortas. Antes de aquello, en su país, siempre llevaba zapatos planos o zapatillas de deporte, falda por los tobillos y un jersey de segunda mano.

–¿De dónde eres? –preguntó él.

–De Rabat.

–Creí que eras de Casablanca.

–Puedo ser de Casablanca si quieres. –Rió, dándole a entender que no era más que una frase hecha, no algo que dijese en serio. Quería que supiera que lo consideraba diferente.

Él giró por una calle lateral y detuvo el coche. Ella estaba callada, mirando las luces de los bares calle arriba, tratando de imaginar dónde estaban con respecto a Lavapiés, donde ella vivía. Pasaba mucho tiempo en la calle, pero no conocía nada bien Madrid. Desde que había llegado no había visto gran cosa, sólo las calles, su piso, el hospital y las tiendas.

Martín habló suavemente.

–¿Cuánto tiempo llevas en Madrid?

–Tres años justos.

–Supongo que tienes muchos clientes habituales.

–Unos pocos. No muchos.

–No saben lo que se pierden.

–¿El qué?

Él le pasó el pulgar por la rodilla.

–Mucho –dijo–. Me gusta el olor de tu piel; salado, como las aceitunas negras. –Se enroscó un mechón de su cabello en un dedo, lo soltó, le pasó los dedos por las mejillas, cogió en su mano su pecho derecho–. Y tus pechos. Maduros como mangos.

–Me haces parecer un plato de comida –dijo ella.

–Imagino que sabes que soy un entendido.

Ella le miró a los ojos, y por primera vez se preguntó si lo que había supuesto un atisbo de inocencia no sería algo más; un destello de juguetonería, incluso de gamberrismo.

–Hay algo que quería preguntarte –dijo–. Sobre tu padre. ¿Es poli?

–Es un cerdo.

–¿Por qué dices eso?

–Porque es un fascista –dijo.

Se inclinó sobre el reposacabezas mientras hablaba, contándole cosas de su padre, un teniente del ejército retirado que de joven había servido a las órdenes de Franco. Era una especie de tradición familiar. El abuelo de Martín también había servido a las órdenes de Franco. Oír el nombre del generalísimo removió los recuerdos de Faten acerca de su abuelo materno, un orgulloso rifeño que había perdido la vista durante la rebelión en el norte. Dijo a sus hijos que había sido el gas mostaza, y se pasó el resto de su vida pidiendo un revólver para acabar con todo. Pero fue el cáncer lo que se lo llevó dos años antes de que naciera Faten.

Martín dijo que su padre odiaba a los inmigrantes. Sacudió la cabeza.

–Pero yo no soy como él –dijo–. Tú me gustas.

–Te gusto –dijo ella, con su voz de «ya he oído todo eso antes».

A Martín no pareció importarle el sarcasmo.

–Quiero ayudarte –dijo acariciándole el brazo. También le contó que podía ayudarla a conseguir los papeles, que conocía trucos en la ley, que podía ser legal, que no tendría que estar en la calle, que podía conseguir un trabajo de verdad, empezar una nueva vida.

Faten nunca había esperado que nadie le hiciera promesas extravagantes como aquéllas, así que no supo si reírse o dar las gracias. Por un momento se permitió imaginar cómo sería una vida normal aquí, no tener que ver nunca a hombres, poder dormir por las noches, poder mirar alrededor sin preocuparse por la policía cada vez que volvía una esquina. Empezó a preguntarse el precio de todo aquello; después de todo, hacía mucho que había aprendido que nada era gratis. Él rió cuando se dio cuenta de su mirada fija.

–Pero primero háblame de ti. ¿Dónde vivías en Rabat?

Ella se encogió de hombros.

–En un apartamento.

–¿Con tus padres? –preguntó él.

–Con mi madre.

–¿Tienes hermanos?

–No.

–Eso es raro, ¿no? Me refiero a lo de ser hija única en tu país.

–Supongo.

–¿Y llevabas uno de esos vestidos bordados? ¿Cómo se llaman? ¿Caftanes?

–Pues no.

Él pareció decepcionado y, mirando el volante, se mordió las uñas, rasgando trozos de cutícula con los dientes.

–¿Por qué todas estas preguntas? –dijo ella–. ¿Vas a hacer una redacción sobre mí? –bromeó.

Él echó la cabeza atrás y rió.

–Claro que no –dijo, pasándole la mano por el muslo. Ella revolvió en su bolso en busca de condones y descubrió que no tenía. Cuando se lo dijo, él comentó que llevaba en la guantera. Ella la abrió y allí, entre CD, mapas y recibos de gasolineras, había un ejemplar del Corán.

–¿Qué es esto? –dijo Faten, sentándose muy recta, sujetando el libro con una mano.

–No toques eso –dijo él, poniéndolo otra vez donde estaba.

–¿Por qué? ¿Es tuyo?

–Sí, es mío.

Ella parpadeó. No estaba acostumbrada a oírle aquel tono brusco.

–¿Por qué lo llevas en la guantera? –preguntó.

–Lo estoy leyendo –dijo. Extendió una mano y le acarició el pelo–. ¿Nos ocupamos de lo nuestro?

Ella asintió y le pasó el condón. Según su experiencia con los hombres, sabía muy bien que incluso cuando decían que sólo querían hablar, siempre acababan queriendo también sexo. Quizá Martín no fuera diferente, al fin y al cabo.

Cuando acabaron, ella se ajustó la minifalda y se abrochó la chaqueta de pana. Las preguntas de Martín y su ofrecimiento de ayuda la habían cogido desprevenida;

que quisiera acostarse con ella la había decepcionado. Sintió la misma tristeza que había sentido de niña, cuando descubrió que los gusanos de seda que había criado en una caja de zapatos y alimentado amorosamente con hojas de morera habían muerto a pesar de todos sus cuidados. Lloró todo el día, preguntándose qué hubiera debido hacer para que siguieran vivos, hasta que su tía llegó a casa y le dijo que eso pasaba a veces con los gusanos de seda, por mucho que uno los cuidara.

Él puso en marcha el motor.

–Te dejo donde quieras.

Ella abrió la puerta y bajó.

–Cogeré un taxi.

Faten subió las escaleras de su piso cuando los camiones de la basura hacían su ronda. Oyó a uno de los hombres llamando a otro en árabe marroquí, diciéndole, al vaciar el cubo, que la familia del 56 acababa de tener un niño. Al vaciar la basura de la gente, los hombres llegaban a enterarse de la vida de todo el mundo. A veces Faten tenía la misma sensación acerca de sí misma, como si le hubiesen confiado los secretos de la gente y su trabajo consistiera en deshacerse de ellos.

Encontró a su compañera de piso, Betoul, desayunando. Betoul trabajaba como niñera para una pareja española cerca de la Gran Vía, y tenía que coger un autobús temprano para llegar allí antes de las 6.30, cuando la señora de la casa necesitaba su ayuda. A veces Betoul no podía evitar hablar de sus jefes, que la mujer tenía tendencia a la depresión y que al marido le gustaba leer el periódico en el baño, dejando manchas de orina en el suelo. Pero a Faten no le gustaba oír hablar del marido. Ya oía bastantes cosas de hombres en su trabajo.

Betoul era de Marrakech, donde tenía dos hermanas menores en la universidad, un hermano que trabajaba como fotógrafo y otro que aún seguía en el instituto. Era una de esas inmigrantes con un plan de plazos: enviaba regularmente cheques por correo para ayudar a sus hermanos y hermanas. Además, vivía como una indigente durante once meses al año y luego, en agosto, volvía a su casa y se gastaba lo que le quedaba en la cuenta del banco. Por supuesto, sus viajes anuales hacían pensar a la gente de su casa que ganaba mucho dinero, por lo que siempre regresaba con largas listas de peticiones en la mano y nuevas arrugas de preocupación en la frente.

En Marruecos, Betoul nunca habría vivido con Faten, pero aquí las cosas eran diferentes. Aquí Betoul no podía permitirse aires de grandeza, como hubiera podido hacer en su casa. Se había mudado a vivir con Faten porque el alquiler era más barato que cualquier otra cosa que pudiera encontrar y le permitía ahorrar aún más dinero para mandar a casa.

Faten dejó caer el bolso y las llaves sobre la encimera.

–Buenos días.

–Buenos días –dijo Betoul–. Anoche no cerraste la puerta con llave.

–¿De verdad? Lo siento.

–Deberías tener más cuidado. Podía haberse colado alguien.

–Lo siento –repitió–. Estoy distraída últimamente.

Betoul asintió y se terminó su rebanada de pan con mantequilla. Bebió el resto del café de pie. Luego puso unos granos de *heb rshad* en una bolsa de plástico hermética, que metió en su bolso.

–¿Para qué es eso? –preguntó Faten.

–Para Ana –dijo Betoul. Ana era el bebé, la menor de los tres niños que cuidaba mientras sus padres trabajaban–. Tiene un poco de catarro, así que le prepararé un poco de *hlib* con *heb rshad*.

–¿A ti qué más te da? –preguntó Faten.

Betoul cerró su bolso.

–Estoy segura de que la madre de Ana no querría que le dieras eso, de todos modos –dijo Faten.

–¿Qué sabrás tú lo que quiere?

–Probablemente se reiría y lo tiraría.

–De ti es de quien se ríe la gente, del modo en que vendes tu cuerpo.

Faten sintió que la ira podía con su cansancio. Se había equivocado al aceptar a Betoul como compañera de piso. Había oído el rumor de que, cuando Betoul descubrió que su marido, camionero, la engañaba con una costurera de Meknés, le había puesto una píldora en la sopa y luego le había dibujado unas X en las mejillas con hena mientras dormía, dejándole marcado durante días. Faten accedió a compartir el piso con ella porque quería a alguien con un trabajo diurno, a alguien a quien no tuviera que ver mucho.

–Yo no te obligo a estar aquí –dijo–. Puedes irte si quieres.

Betoul se marchó, dando un portazo al salir.

Normalmente, después de llegar a casa, Faten tomaba una ducha, dormía hasta las dos y luego se llevaba un sándwich al parque para contemplar a las parejas mayores que daban migas a los pájaros o a los jóvenes que se besaban en los bancos. Si el tiempo era muy frío, veía la televisión o se iba de compras. Pero aquel día no podía hacer nada de eso. Tampoco logró conciliar el sueño. Se quedó mirando el techo un rato y después se volvió para contemplar su mesilla de noche, donde había un Corán en edición de bolsillo con una fina capa de polvo encima. Recordó sus días de universidad, cuando decidió llevar el *hiyab* y predicaba a toda mujer que encontraba que debería hacer lo mismo. Qué tonta había sido.

Pensó en su mejor amiga, Noura, allá en Rabat, y se preguntó que habría sido de ella, si habría seguido con el *hiyab* o si, como Faten, se lo habría quitado. Era rica, podía permitirse el lujo de tener fe. Pero también, pensó, podría permitirse el lujo de no tenerla; probablemente el *hiyab* le habría parecido demasiado opresivo y habría acabado por quitárselo y cambiarlo por ropa de diseño. Eso era lo que pasaba con el dinero. Te permitía tomar decisiones.

Trató de quitarse a Noura de la cabeza. Aquella amistad le había costado demasiado. Sabía que el padre de Noura, que no veía su amistad con buenos ojos, había movido algunos hilos para que la expulsaran de la universidad. Si no hubiera sido por él, quizá Faten se hubiera graduado, quizá no hubiera sido tan descuidada en un momento de furia, quizá no hubiera dicho lo que dijo sobre el rey, quizá hubiera acabado sus estudios, encontrado un trabajo, quizá..., quizá...

Se levantó de la cama y fue al cuarto de baño para tomarse un Valium. Lo principal para poder soportar aquella vida era no pensar mucho. Se sirvió un vaso de agua en la cocina. Vio el calendario de Betoul pegado a un lado de la nevera. La fiesta del Eid se acercaba y Betoul había señalado la fecha, probablemente para acordarse de que tenía que mandar un cheque a su familia. Faten sintió nostalgia de las celebraciones, aunque sabía que no había mucho de lo que sentirse nostálgica. Después de haberse mudado con su madre a Rabat, el Eid suponía un poco más de comida en la cena. Nunca hubo ropa nueva, ni un cordero en la barbacoa, ni monedas brillantes en el bolsillo. Aun así, sentía cierta ternura por esas fechas especiales porque al menos su madre no trabajaba en el Eid y podían pasar el día juntas. Desechó los recuerdos y se fue al cuarto de estar.

Se tumbó en el sofá, esperando que el Valium le hiciera efecto. Había un programa en la televisión sobre dromedarios y ella lo miraba con los ojos medio cerrados, mientras una voz española describía el hábitat de los mamíferos, su resistencia a las duras condiciones de vida, su conducta nómada y sus muchas utilidades, como bestia de carga, por su carne y su leche e incluso por su estiércol, que podía quemarse como combustible. Pronto Faten sintió los párpados pesados y se durmió.

Cuando apareció Martín de nuevo una semana más tarde, no sintió la misma clase de alborozo de los meses anteriores. Él bajó del coche para pedirle que se uniera a él y ella dudó.

–¿Qué pasa? –preguntó él.

Ella se encogió de hombros, mirando a los demás coches, pero no se acercó.

–¿Qué quieres? –dijo.

–¿Tú qué crees? –Se rió, y ella no estuvo segura de si era con complicidad o de ella.

Él extendió la mano y ella la cogió y le siguió al coche. Una vez más, él fue hasta Huertas. En el CD del coche sonaba una canción de Cheb Jaled, y al escuchar la letra se preguntó si Martín entendería lo que decía.

Tras unos minutos, Martín le preguntó dónde había crecido, como había hecho la última vez, como si estuviera verificando las respuestas que ella le había dado. Esta vez no se hizo ilusiones acerca de lo que quería. Miró por la ventanilla.

–En Casablanca –dijo.

Pensó en su primer hombre, su primera semana en España. El patrón de la patera que la había llevado allí no se había molestado en atracar en Tarifa; se dio la vuelta en cuanto estuvieron a una distancia a la que podían llegar nadando a la costa. Ella llegó a la playa, donde les estaba esperando la Guardia Civil. Más tarde, en la celda de retención, vio cómo uno de los guardias la miraba fijamente. Ella no necesitaba saber español para entender que quería hacer un trato. Recordó lo que le había dicho el imán en la mezquita subterránea de Rabat: que los momentos extremos a veces requerían medidas extremas.

El guardia se la había llevado a una de las salas privadas de interrogatorios, lejos de todos los demás. Le había levantado la falda y la había penetrado con salvaje abandono. Él seguía llevando los guantes quirúrgicos que usaba para examinar al grupo de inmigrantes llegados aquel día. Y durante todo el tiempo no dejó de llamarla

Fatma. Y dijo otras palabras, palabras que ella no entendió, pero a las que ya se había acostumbrado. Durante los años que siguieron, había podido oír todas las fantasías, a las que ella, si hubiera terminado su carrera, hubiera podido referirse desdeñosamente como sueños de odalisca. Ahora formaban parte de un repertorio que se había aprendido de memoria y con las que tenía que convivir si quería ganarse la vida.

–¿Dónde creciste? –preguntó Martín.

–En una casa mora.

–¿Con tus padres?

–No conocí mucho a mi padre. Pasaba todo el día en el harén.

–¿Con tus hermanos?

–Con mis seis hermanas. Ellas me iniciaron en el arte de complacer a los hombres.

Martín se rió y ella se dio cuenta de que le gustaba el juego.

–¿Por qué vienes a buscarme? –preguntó Faten–. Hay muchas chicas aquí. Como Isabel y...

–Las mujeres de este país –dijo él, negando con la cabeza– no saben tratar a los hombres. No como vosotras, las árabes.

Faten sintió crecer la furia en su interior. Le dieron ganas de abofetearle.

–He estado leyendo –dijo él–. Sobre los deberes de la mujer hacia el hombre, y todo eso. Es un tema fascinante.

Ella vio cómo su cara franca y abierta se excitaba a medida que le contaba lo que sabía de ella y de su pueblo. Ése era su problema. Por muchos estudios que tuviera, a pesar de todas sus pretensiones de comprensión, no era distinto de su padre. No sabía nada.

Se quedó mirándolo en silencio, tratando de visualizarse a sí misma del modo en que él la veía, el modo que él deseaba que fuera; era el precio que tendría que pagar cada vez si quería seguir viéndolo. Cuando él empezó a hablar de que quería ayudarla a conseguir los papeles, de que se preocupaba por ella, Faten alzó una mano para detenerlo.

–No necesito tu ayuda –dijo.

Él la miró dándole a entender que no la creía y siguió hablando como si no necesitara su permiso para ayudarla, porque él sabía lo que era mejor para ella.

–Se ha acabado el tiempo –dijo Faten.

Él sacó la cartera y siguió explicando los planes que tenía para ella.

–A partir de ahora, la charla se cobra aparte –añadió.

Él dejo de hablar, alzó las cejas sorprendido y le tendió unos billetes más, que ella se guardó.

–Creo que será mejor que te busques a alguna otra la próxima vez –dijo. Abrió la puerta del coche y salió.

Faten no veía a Betoul desde hacía diez días. Su empleo del tiempo se había ajustado milagrosamente tras su desagradable conversación, hasta el punto que Faten siempre parecía llegar a casa unos minutos después de que Betoul se hubiera ido. Cuando entraba, se encontraba la tostadora aún caliente, los platos aún goteando en el escurridor. El fin de semana, Faten decidió preparar una comida para el Eid y así, en vez de dormir, se pasó la mayor parte del día cocinando. En casa, con su madre, las comidas eran sencillas: alubias y aceite de oliva, *rghaifa* y té, pan y aceitunas, cuscús los viernes, lo que su madre pudiera permitirse comprar. Ahora que Faten podía comprar lo que quisiera, no sabía hacer los platos que tanto deseaba cuando era adolescente. El cordero le salió demasiado salado y las verduras un poco quemadas, pero esperaba que a Betoul no le importara. Completó la cena con *pastila* de la panadería marroquí de la esquina, puso la mesa y esperó.

Cuando Betoul llegó finalmente a casa, se quedó de pie un momento, con la mano aún en el tirador de la puerta, y suspiró con fuerza.

–¿Qué tal el día? –preguntó Faten.

–Estoy agotada.

–¿Sigue enferma Ana?

–No, está mejor –dijo Betoul–. Pero su madre se ha pasado el día en la cama, llorando. No ha ido a trabajar. Dice que está muy gorda y que su marido ya no la quiere. Así que después de llevar a los niños al colegio y acostar a Ana para que durmiera la siesta, le hice la comida y le solté la cinturilla de un pantalón para que le quedara mejor.

–Bueno, ahora tienes que descansar. He hecho la cena –dijo Faten.

–¿No vas a trabajar hoy?

–Esta noche no. Es Eid.

Betoul parecía querer dormir más que comer, pero le dio las gracias, fue a lavarse un poco y se sentó a la mesa. Faten le sirvió una generosa ración de cordero. Betoul lo probó.

–Un poco salado, querida –dijo.

Faten sonrió, agradeciéndole su sinceridad.

Vuelta a casa

Durante cinco años, Aziz había imaginado la escena de su vuelta a casa. En sus fantasías cuidadosamente ensayadas, llegaba a casa un día soleado, vestido con una impecable camisa blanca y pantalones negros, el pelo repeinado hacia atrás con gomina y el bigote recortado. Su coche nuevo estaría repleto hasta arriba de regalos para todos los miembros de la familia. Cuando llamara al timbre, su mujer y sus ancianos padres le recibirían con sonrisas. Tomaría a su mujer entre sus brazos, la alzaría y ambos se pondrían a dar vueltas, como en las películas. Al cabo de pocos días de su llegada, se mudarían del decrépito piso de un vecindario pobre de Casablanca a uno de esos modernos edificios que surgían a diario en la ciudad.

Pero a medida que se aproximaba la fecha de su vuelta a Marruecos, Aziz descubrió que tenía que cambiar los detalles de su sueño. Había imaginado que llegaría en un coche último modelo, pero ahora pensaba que un viaje en coche iba a ser poco práctico y, además, no creía que su viejo Volkswagen fuese a aguantar los ochocientos kilómetros que había de Madrid a Casablanca. Así que reservó un billete en un vuelo de Royal Air Maroc. Para empeorar las cosas, la imagen de su familia recibiéndolo a la puerta se fue oscureciendo. Su padre había muerto durante su larga ausencia, y ahora su madre y su mujer vivían solas. También le costaba visualizar el rostro de su mujer tan fácilmente como al principio. Recordaba que era esbelta y bastante más baja que él, pero no lograba recordar el color de sus ojos, si eran más bien verde castaño o gris castaño.

Aquellas dudas le hicieron pasar unos días tensos, que culminaron el de su partida. Llegó al aeropuerto de Barajas con tres horas de antelación. Se aseguró una y otra vez de que su pasaporte y su visado estuvieran en orden para poder volver a España después de su viaje. Cuando subió al avión, no pudo comer la comida ligera que sirvieron durante el vuelo de poco más de una hora. Rellenó la declaración de aduanas en cuanto se la dieron, comprobando repetidamente que había apuntado los datos exactos que constaban en su pasaporte.

Cuando finalmente el avión sobrevoló el puerto de Casablanca, miró por la ventanilla y vio las playas, las fábricas, las calles llenas de coches, el minarete de la mezquita del rey Hassan, pero no pudo localizar la medina ni la cúpula del parque de la Liga Árabe. Se agarró a los brazos del asiento cuando el avión inició el aterrizaje.

Fue la primera vez que Aziz se encontraba en el aeropuerto Mohammed V de Casablanca. Se había marchado del país en una lancha hinchable desde Tánger, en medio de la oscuridad, con dos docenas más de inmigrantes. La Guardia Civil los había atrapado en la playa y los habían mandado de vuelta a Marruecos dos días después en el ferry. Él pasó varios meses en Tánger, robando, y lo intentó de nuevo una cálida noche de verano. Esa vez la corriente le ayudó y llegó a una tranquila playa cerca de Tarifa. Unos días más tarde estaba en Cataluña, dispuesto a hacer el trabajo agrícola que le había prometido uno de los traficantes a los que había pagado. Era un trabajo duro, pero al menos era trabajo, y él trataba de pensar sólo en la paga que le darían al final. Lo que más recordaba de aquel primer verano eran las figuras inclinadas de sus compañeros y el olor del linimento dentro de la furgoneta que cogían para ir a trabajar cada mañana. Cuando la tan esperada paga resultó ser una miseria, estaba demasiado asustado como para quejarse. Pensó en ir hacia el norte y cruzar hacia Francia, pero temía volver a desafiar al destino. Al fin y al cabo, él había tenido más suerte que otros. El viaje en la Zodiac hinchable había sido una odisea que quería olvidar, y no pensaba que colarse en la trasera de un camión de verduras fuera más fácil. Así que decidió viajar hacia el sur.

Llegó a Madrid en noviembre, sólo con una vaga dirección de un amigo que trabajaba en un restaurante y que podría ayudarle.

El aeropuerto de Casablanca era impresionante. Los suelos de mármol, las puertas automáticas, las tiendas libres de impuestos, todo parecía muy moderno. Pero la cola ante el control de pasaportes era larga. Después de esperar una hora su turno, Aziz llegó a la ventanilla donde un policía, un hombre cuyos labios morados revelaban que era un gran fumador, apoyó la barbilla en la mano con una mirada hostil en el rostro.

–*Passeport* –dijo.

Aziz deslizó el librito verde con el dibujo del tentáculo bajo el cristal de la ventanilla. El policía escribió algo en su teclado y hojeó el pasaporte de Aziz.

–¿Dónde trabaja? –preguntó.

Le cogió desprevenido.

–En una oficina –dijo. Era mentira. Pero no entendía qué tenía que ver su trabajo con el pasaporte. Temía que decir la verdad, que era conductor de autobús, provocase el desprecio del policía.

–¿Tiene su documento nacional de identidad?

–No. –Aziz se tensó. Se quedó con la espalda muy recta, tratando de controlar la ansiedad que le invadió. No quería parecer nervioso. El policía resopló y volvió a teclear. Selló el pasaporte y lo pasó al otro lado del cristal.

–La próxima vez traiga el documento de identidad.

Aziz caminó hasta la zona de recogida de equipajes y recuperó sus bolsas. El oficial de aduanas le pidió que abriese la maleta, hurgando en su contenido con su porra. Vio un paquete de diez camisetas en su envoltorio de plástico.

–¿Piensa revenderlas? –preguntó.

Aziz conocía esa clase de gente. Acosaban a los inmigrantes con la esperanza de recibir un soborno. Él no quería jugar a aquello. Su voz sonó tranquila y distante cuando respondió que no. El oficial miró la cola que había detrás de Aziz, cerró la maleta y la marcó con una cruz de tiza blanca. Aziz podía marcharse.

Bajó por las escaleras mecánicas hasta la estación de tren. El tren de cercanías llevaba el nombre de Aouita, como el atleta olímpico que había conseguido una medalla de oro, porque era rápido y siempre puntual. Aziz sonrió al pensarlo; en su país se les daba bien encontrar nombres graciosos para todo. Se sentó en el tren, que partió a su hora. Fuera, la carretera estaba cubierta de bolsas de plástico negro. Los árboles, con las hojas secas y amarillas, se agitaban al viento. A lo lejos, un camión yacía de lado, abandonado, con las ruedas en el aire. Pronto entraron en la zona metropolitana, con sus fábricas y edificios de pisos.

Bajó del tren en Casablanca-Puerto, la parada más cercana a su antiguo barrio. Cuando avanzaba por el vestíbulo de la estación, se encontró en medio de una multitud de niños que vendían cigarrillos, hombres que se ofrecían como limpiabotas, mendigos que pedían monedas. Sujetó su equipaje con fuerza. Tenía la garganta seca. Empezó a caminar decidido; su casa estaba a poca distancia de la estación y no había necesidad de coger un taxi. El carrito que vendía garbanzos cocidos en cucuruchos de papel seguía allí en la calle, y el mismo hombre con bata azul y gorro de lana seguía trabajando en el quiosco de periódicos. Un grupo de chicas adolescentes de camino a la escuela cruzaron la calle en dirección a Aziz. Varias llevaban pañuelos en la cabeza y, a su pesar, se las quedó mirando hasta que pasaron.

Cuando llegó a la entrada del mercado, los vendedores estaban aún abriendo sus puestos, preparando las frutas, las verduras y las especias. Un carnicero colgaba corderos despellejados y pezuñas de vaca. Le dio náuseas la visión de la carne. Los carros chirriaban tras él mientras los carreros se apresuraban a entregar su mercancía. Gritos de «*Balak!*» le advertían de que se hiciese a un lado, y dos veces tuvo que aplastarse contra una pared para evitar que le atropellaran. El sudor le perlaba la frente, y su jersey le resultaba insoportablemente pesado sobre el pecho. Deseaba poder quitárselo, pero tenía las dos manos ocupadas y estaba demasiado nervioso como para detenerse antes de llegar a casa.

Giró por una estrecha callejuela y siguió caminando hasta que al final se encontró en la entrada del edificio, un viejo *riad* de principios del siglo XX que habían convertido en pequeños pisos. Cruzó el patio interior y llamó a la puerta del piso. La única respuesta que recibió fue la de su propio estómago, que gruñó como si tuviera un nudo. Miró hacia arriba, hacia la ventana, y vio que las contraventanas estaban abiertas. De pronto oyó pasos apresurados, y allí estaba su esposa.

–*Ala salamtek!* –gritó Zohra.

–*Llah i-selmek* –contestó él.

Ella le rodeó con los brazos y le estrechó. Su abrazo, flojo al principio, fue apretándose. La madre de Aziz se acercó lentamente a la puerta y le pasó un brazo por la cintura, con la otra mano en el bastón. Empezó a llorar. Aziz se soltó de ambas mujeres, agarró la maleta y la bolsa y entró.

El piso era más oscuro de lo que recordaba. La pintura de las paredes estaba desconchada. Uno de los cristales de la puerta faltaba y en su lugar había un trozo de cartón; pero la funda del diván era de un azul brillante y había una mesa nueva en el centro de la habitación.

La madre de Aziz lanzó un largo gemido ululante, con la lengua agitándose de un lado a otro en su boca desdentada. Quería que todos los vecinos supieran la buena noticia. Zohra se unió a ella con un tono más agudo. Aziz cerró la puerta tras él y todos permanecieron de pie en el cuarto de estar, riendo, llorando y hablando.

Zohra parecía delgada y pequeña, y tenía profundas arrugas en la frente. Llevaba el pelo recogido en una coleta. Sus ojos –él comprobó que eran gris castaños– estaban delineados con kohl. Los labios tenían un tono anaranjado. Debía haberse frotado los dientes con raíces de *swak* para que estuvieran más blancos.

–¿Tienes hambre? –preguntó Zohra.

–No –dijo Aziz, con la mano en el estómago–. No podría comer.

–Al menos deja que te prepare un té. –Aziz sabía que eso no podía rechazarlo y, además, deseaba volver a probar el té de menta.

Zohra desapareció en la cocina y él se sentó junto a su madre, que le examinó con la mirada.

–Pareces más delgado –dijo. Ella también parecía haber encogido y tenía los hombros encorvados. Por supuesto, se dijo a sí mismo, han sido varios años, es normal–. Y tu piel es más clara –añadió.

Aziz no supo qué decir a esto, así que siguió sonriendo mientras sujetaba la arrugada mano entre las suyas.

Zohra volvió con la bandeja del té. Aziz se levantó. Pensó que seguía muy hermosa. Cuando le dio su vaso de té caliente, advirtió que sus manos parecían haber envejecido mucho más deprisa que el resto de ella, con la piel áspera y seca. Tenía los nudillos hinchados y enrojecidos. Sintió una punzada de culpabilidad. Quizá el dinero que les mandaba no era suficiente y ella había tenido que trabajar más duro de lo que él creía para llegar a fin de mes. Pero tampoco había sido fácil para él. Bebió un sorbo de té.

–Ahora os enseñaré lo que os he traído –dijo.

Dejó el vaso y fue a abrir la maleta. Sacó la tela que le había traído a su madre, los vestidos para Zohra, las cremas, los perfumes. Las dos mujeres exclamaban «Oh» y «Ah» al ver cada cosa.

Cuando sacó la máquina de coser portátil, Zohra le miró sorprendida.

–Compré una el año pasado –dijo. Señaló la vieja Singer que estaba en una esquina de la habitación.

–Ésta es eléctrica –dijo él orgulloso–. Te la instalaré. Verás lo rápida que es.

Al cabo de una hora de su llegada, empezaron a desfilar visitantes para ver a Aziz. El pequeño piso se llenó de gente, y Zohra no dejaba de correr entre la cocina y el cuarto de estar para llenar la tetera y la bandeja de *halwa*.

–Cuéntanos –dijo alguien–. ¿Cómo es España?

–¿Quién cocina para ti? –preguntó otro.

–¿Tienes coche? –dijo un tercero.

Aziz habló de Madrid y de lo frío que era en invierno, de la lluvia que corría por los cristales durante horas. También habló de la plaza de Neptuno, cerca del Prado, por donde le gustaba pasear en los días de verano mirando a los turistas, los vendedores y las palomas. Habló de su trabajo en el restaurante y dijo que a su jefe le caía lo bastante bien como para haberle ascendido de lavaplatos a camarero de mesas. Describió su piso en Lavapiés, donde vivía con otros dos inmigrantes. Cocinaban por turnos.

–¿Has hecho amigos? –preguntó alguien.

–Algunos –dijo Aziz. Habló de su vecino, que siempre había sido amable con él, y su jefe en el restaurante. Pero no habló de la vez en que estaba en un centro comercial comprando una chaqueta y el guardia de seguridad le siguió todo el tiempo como si fuera un criminal. No contó que, en el supermercado, las cajeras saludaban a todo el mundo con holas y gracias, pero a él lo atravesaban con la mirada como si fuera invisible, y tampoco mencionó las constantes comprobaciones de identidad a que la policía lo había sometido aquellos dos últimos años.

La madre de Zohra, que vivía calle abajo, también acudió, y permaneció callada durante toda la conversación. Finalmente preguntó:

–¿Por qué trabajas allí mientras tu mujer está aquí? –Chasqueó la lengua con desaprobación.

Aziz miró a Zohra. Quería hablar de eso con ella, pero aún no habían tenido tiempo. Se aclaró la garganta y llenó el vaso de su suegra.

–¿Dónde está Lahcen? –preguntó Aziz–. Ya debería haber llegado. –Lahcen y él se habían carteado al principio, pero a medida que pasaba el tiempo habían perdido el contacto. Aziz había recibido la última postal de Lahcen hacía dos años.

–Se ha ido a vivir a Marrakesh –dijo Zohra–. Todo el mundo tiene móviles ahora, así que ya no funciona vender tarjetas para las cabinas.

Después de que los invitados se marcharan, la madre de Aziz se fue a pasar la noche con los vecinos, para que Zohra y él tuviesen el piso para ellos solos. Aziz entró en el dormitorio para ponerse una camiseta y pantalones de chándal. Se sentó en el borde de la cama y miró alrededor. Había una foto suya descolorida en una esquina del marco del espejo del viejo armario, y una enmarcada de los dos el día de su boda colgada de la pared, junto a la puerta. Debajo, el colchón parecía duro. Se dejó caer y los muelles respondieron con un fuerte crujido. Se quedó quieto.

Zohra estuvo un rato en la cocina antes de apagar las luces y reunirse con él. Había estado muy habladora y animada durante el día, pero ahora parecía silenciosa, incluso tímida. Aziz se recostó en la almohada y cruzó las piernas.

–Debes de estar cansado –dijo Zohra, apartando la vista.

–Todavía no tengo sueño.

Ella miró a lo lejos, hacia las luces de la calle.

–Tengo algo que decirte –dijo él. Tragó con dificultad. Zohra le miró fijamente–. Tengo algunos ahorros. Pero… –volvió a tragar– creo que no es suficiente.

Su esposa se sentó en el borde de la cama.

–¿Cuánto? –preguntó con una mirada de aprensión.

–Cincuenta mil dirhamns. Podría haber sido más, pero el primer año fue duro.

Zohra extendió la mano y le tocó la suya.

–Ya lo sé.

–Estaba el alquiler. Y los honorarios del abogado para conseguir los papeles. Y el dinero que tenía que mandar todos los meses.

–Cincuenta mil es mucho. Podrías usarlo para empezar. ¿Quizá poner un negocio?

Aziz negó con la cabeza.

–No es suficiente.

–¿Por qué no?

–Eso apenas cubriría el alquiler de un año. Luego están las existencias y el mantenimiento. –Aziz movió la cabeza–. Por no hablar de todo el papeleo. –Pensó en las colas que había visto ante las oficinas del gobierno, gente que esperaba para sobornar a un funcionario a fin de acelerar sus papeles.

–Entonces, ¿qué vamos a hacer? –dijo Zohra.

–Volver a España –contestó Aziz, bajando la mirada. Su esposa ya había sacrificado muchas cosas. Sus padres sólo habían accedido a que se casara con él porque pensaban que a los veinticuatro años era mejor que se casara con alguien que no tenía trabajo que quedarse soltera. Ella había aguantado y le había ayudado a ahorrar para el viaje, le había esperado, pero al menos ahora ya no tendría que seguir esperando–. Y he puesto en marcha tus papeles para que puedas venir dentro de poco, *insha'llah.*

Zohra le soltó la mano. Asintió. Luego se levantó y apagó la luz. Él la oyó quitarse el vestido y meterse en la cama, donde se quedó tumbada en su lado. Cuando él se acercó, ella se quedó quieta. Él retrocedió hacia su lado de la cama y trató de dormir.

Al día siguiente, Aziz despertó sobresaltado al oír la voz de los muecines por toda la ciudad. Levantó la cabeza de la almohada durante unos segundos antes de volverse a echar y, con los ojos cerrados, los escuchó. En España echaba de menos la llamada a la oración, que aquí lo marcaba todo. Sonrió y volvió a dormirse. Más tarde, el sonido de los coches y los camiones que pasaban por la calle industrial cercana no le despertó. Pero no pudo ignorar el olor de las *rghaifa* que Zohra estaba preparando, y finalmente se levantó hacia las nueve.

Cuando salió de la habitación, su madre estaba sentada en el diván del cuarto de estar, con aspecto regio y altivo. Él le besó el dorso de la mano, y como respuesta ella dijo:

–Que Dios te bendiga.

Zohra entró en el cuarto de estar y, al verlo allí, volvió a la cocina a traer la bandeja de comida. Colocó el plato común en medio de la mesa, empujándolo un poco hacia Aziz. Sirvió el té y repartió las tazas. Luego trajo un vaso de agua y una píldora para la madre de Aziz.

–¿Para qué es la píldora? –preguntó Aziz.

–Para la tensión –dijo Zohra. Se sentó y empezó a comer.

–No sabía. –Se esforzó por encontrar algo más que decir–. Las *rghaifa* están deliciosas.

–A tu salud –respondió ella.

Él masticó a conciencia, aliviado, pues al tener la boca llena no podía decir nada. Afortunadamente, un golpe en la puerta les distrajo. Una niña pequeña entró corriendo sin esperar a que la invitaran. Parecía tener unos seis años. Llevaba coletas y sus pantalones azules estaban desgarrados en las rodillas.

–¿Quién es? –preguntó Aziz a su madre.

–Meriem, la hija de los vecinos. Siempre está aquí.

La niña saltó a los brazos de Zohra, que rió y le dio sonoros besos en las mejillas.

–¿Quieres comer algo? –le ofreció. Se sentó a la niña en el regazo y le tendió una *rghaifa* enrollada, mojada en mantequilla derretida y miel. Le acarició el pelo y le estiró las coletas.

Después se la llevó a la cocina y cuando salieron, la niña traía una bandeja de madera llena de masa fresca en la cabeza. Se la llevaba al horno público del vecindario.

–Que Dios te bendiga –dijo Zohra cuando Meriem se fue. Volvió a sentarse–. ¿No es mona? –dijo. Aziz asintió.

Acabaron de desayunar. Zohra limpió la mesa y anunció que su hermana Samira les había invitado a comer en su casa, en Zenata. Fue al dormitorio a coger su chilaba y se la puso sobre la bata de andar por casa. Quedó de pie ante él.

–Si me voy a España contigo, ¿quién se ocupará de tu madre? –preguntó.

–Mis hermanas –dijo Aziz, con un gesto de la mano–. Puede irse a vivir con ellas. Tú has hecho más que suficiente. –Aziz era el menor de la familia, y la responsabilidad de su madre normalmente hubiera debido recaer en las hijas o en el mayor, y él no era ninguna de las dos cosas.

Zohra asintió. Luego contuvo el aliento y añadió:

–Pero no hablo español.

–Aprenderás. Como hice yo.

–¿No podrías quedarte aquí?

Aziz negó con la cabeza. Tenía los labios secos y los humedeció con la lengua.

–Podemos hablar de esto más tarde –dijo.

Cogieron el autobús hasta casa de Samira. Aziz iba sentado junto a una ventanilla y veía pasar las calles. Habían surgido edificios nuevos por todas partes, casas de apartamentos con ventanas minúsculas rodeadas de azulejos mediterráneos en un fútil intento por hacerlas más atractivas. Los cibercafés alternaban ahora con los sastres y los peluqueros. Un autobús le asustó y le hizo apartarse de la ventanilla cuando pasó sólo a unos centímetros. Las bocinas sonaban por todas partes y los motoristas apenas aminoraban la velocidad en los cruces.

Bajan del autobús y echaron a andar. El olor a neumáticos quemados molestó a Aziz.

–¿Hueles eso? –preguntó.

Zohra negó con la cabeza.

–Es un olor fuerte.

Ella se encogió de hombros. Pasaron junto a una escuela y Aziz vio a unos niños jugando al fútbol en el patio. Aquello le recordó su propia infancia y sonrió. Llegaron poco después de la oración de mediodía. Samira abrió la puerta y Aziz se sorprendió al ver su pelo cubierto totalmente por uno de esos pañuelos islámicos que parecían haberse multiplicado desde que se marchara. Rehaciéndose, se inclinó para darle un abrazo, pero ella retrocedió y le dijo:

–Bienvenido, bienvenido.

Aziz se puso rígido. Sin desconcertarse, Zohra entró y se quitó la chilaba. Se sentaron en el diván de gomaespuma y Mounir, el marido de Samira, apareció. Aziz no dejaba de mirar a Samira. Finalmente le preguntó:

–¿Cuándo te pusiste el *hiyab*?

–Hace dos años –dijo ella–, por la gracia de Dios.

–¿Por qué? –preguntó Aziz.

–Porque es lo correcto –dijo Zohra.

¿Por qué la defendía Zohra? Aziz se reclinó en el diván.

–¿Eso quiere decir que tú no estás haciendo lo correcto? –le preguntó. Zohra le lanzó una mirada que decía que se callase. Él pretendió no darse cuenta.

–Dime.

Samira ladeó la cabeza.

–Que Dios nos ponga a todos en el camino correcto. Amén. –Se levantó y empezó a poner la mesa para comer.

–¿Cuánto tiempo te quedarás? –preguntó Mounir.

–Sólo diez días –dijo Aziz.

–Va a volver para una temporada –dijo Zohra.

Samira trajo una fuente de cuscús.

–Deberías ir con él –dijo–. Los maridos y las mujeres deben estar juntos.

Aziz observó la reacción de Zohra. Quizá su hermana podría convencerla mejor que él.

–No sé si es vida para mí –dijo Zohra, pero su tono no era firme.

Aziz se dio cuenta de que su cuñada había plantado una semilla que él podría cultivar.

Aquella noche, Zohra entró en el dormitorio y apagó la luz. Pero esta vez, cuando Aziz extendió la mano hacia ella, ella no le dio la espalda. Él la cogió entre sus brazos. Le resultó raro estar haciéndole el amor de nuevo. Había olvidado lo menuda que era, y mientras estaba sobre ella, se preocupó de que su peso fuera demasiado, así que se apoyó en los antebrazos. Al estar con ella recordó a las mujeres con las que se había acostado en España. Le avergonzaba haberla engañado, pero razonó que estaba muy solo y que era un ser humano. Se dijo que nunca había pretendido engañarla, que las mujeres con las que se había acostado no significaban nada para él, igual que, estaba seguro, él no significaba nada para ellas. Ahora se preguntaba qué aspecto tendría su mujer con un sujetador sexy, a horcajadas sobre él, moviendo los brazos y gimiendo de placer. No podía imaginar a Zohra haciendo aquello. Pero quizá pudiera hacerlo si se lo pedía. Salió de ella y le pasó el brazo por debajo para colocarla sobre él, pero ella alzó la cabeza y lo sujetó llena de pánico. Sus ojos lo interrogaron. Él volvió a penetrarla y continuó haciéndole el amor. Cuando acabó y se quedó tumbado en la oscuridad, se preguntó lo que le habría pasado a ella por la cabeza. Temía que no fuera más que una cosa. Había visto cómo miraba a la niña de los vecinos y se preguntó si no habría debido permanecer apartado aquella noche. Se dijo que tendría que usar un condón la próxima vez. No quería arriesgarse a tener hijos todavía, cuando aún tenían que esperar por los papeles de ella, no hasta que pudiera mantener a una familia. No logró conciliar el sueño.

Unos días después, Aziz fue a visitar la tumba de su padre. Zohra abría la marcha, caminando rápidamente entre las filas de blancas lápidas que brillaban a la luz de la mañana. Se detuvo bruscamente ante una lápida. El nombre del padre de Aziz, Abderrahman Ammor, estaba grabado en ella, seguido por la oración a los muertos: «¡Oh, alma serena! Vuelve a tu Señor, alegre y complacido ante Su vista. Únete a Mis seguidores y entra en Mi paraíso». A continuación estaba la fecha de su muerte: «27 Ramadán 1420».

Aziz recordó el día del año 2000 en que le había llegado una carta que anunciaba el fallecimiento de su padre. Zohra no tenía teléfono, así que él llamó a la tienda de ultramarinos y pidió que alguien le avisara. Volvió a

175

llamar al cabo de quince minutos, pero hubo muy poco que decir. Por entonces hacía un mes que su padre había muerto, y el hecho no revestía urgencia alguna. Se avergonzó por no ser capaz de llorar. En Madrid, la vida seguía, y su pena, como no tenía dónde agarrarse, parecía no poder materializarse nunca. Ahora le resultaba difícil conjurarla.

–Me hubiera gustado estar aquí en sus últimos días –dijo.

–Todo el *derb* asistió a su velatorio –dijo Zohra.

Aziz se arrodilló y sacó un cepillo del bolso de Zohra. Empezó a quitar las hojas muertas de la lápida.

–Me hubiera gustado estar aquí –repitió.

Zohra se arrodilló a su lado.

–No quiero que nos suceda lo mismo. Deberíamos estar juntos.

Aziz inspiró hondo. Había querido que ella se hiciera a la idea, y ahora que parecía estar de acuerdo con él, no sentía la alegría que esperaba. Cuando se fueron del cementerio, le dijo a Zohra que quería dar un paseo antes de cenar, así que mientras ella cogía el autobús hacia casa, él se dirigió al centro, a la Avenue des Forces Armées Royales. En el café Saâda, echó un vistazo dentro y vio a los clientes de pie junto a la barra o sentados en grupo, inclinados sobre sus cervezas y sus gin-tonics. En la terraza, algunos parroquianos se sentaban indolentes con sus tés de menta. Escogió un asiento fuera, al sol, y pidió un *espresso*. Miró alrededor. Algo le pareció extraño, pero no sabía qué. Hasta que el camarero no volvió con el café, no se dio cuenta de que no había ninguna mujer.

Algunos hombres jugaban al ajedrez, otros fumaban, muchos leían periódicos. Los que estaban sentados más cerca de la corriente de transeúntes pasaban el tiempo mirando a la gente, silbando cada vez que veían a una chica guapa. Aziz se preguntó por qué el lugar estaba tan lleno en mitad de la tarde de un miércoles, pero la expresión seria que había en todos los rostros respondió a su pregunta. Estaban en el paro. Aziz se acabó el café y dejó una generosa propina antes de marcharse avenida abajo. Las elegantes tiendas exhibían objetos de cuero, porcelana, cojines de seda, recuerdos, objetos caros que él sabía que la mayoría de la gente de su barrio nunca podría permitirse.

Al principio de su segunda semana en Casablanca, Aziz había visto a todos los hermanos, primos, vecinos y amigos posibles. Se había enterado de todas las bodas, nacimientos y muertes. Se había sorprendido adecuadamente de cuánto habían crecido todos sus sobrinos y sobrinas. Pero tenía poco más que hacer. En los cines ponían películas que ya había visto. Le habría gustado ir a un club nocturno, pero no imaginaba a Zohra yendo con él o incluso dejándolo ir. La mayoría de los programas de la televisión le aburrían y, contrariamente a sus

vecinos, Zohra se negaba a tener una antena parabó-
lica.

–No necesitamos dejar entrar la indecencia en casa, ya
hay bastante en la calle –decía.

Así que se quedaba sentado en casa, en el diván, y
esperaba a que el tiempo pasase.

La víspera de su partida, Aziz sacó la maleta del armario
y empezó a hacer el equipaje. Zohra estaba sentada en el
borde de la cama, mirándolo. Cuando acabó, sacó un
puñado de billetes del bolsillo interior de la maleta. Le
entregó el dinero.

–Esto es todo lo que tengo.

Zohra no se movió. Seguía mirándolo.

–Ahorraré más –dijo–, y luego volveré.

Zohra tenía una mirada escéptica que incomodó a Aziz.
¿Qué esperaba de él? No podía abandonar una oportunidad de trabajar sólo por estar en casa con ella. ¿Tenía idea
de lo que había pasado para abrirse camino en España?
No podía abandonarlo todo ahora. Tenía que volver.

El reloj del abuelo dio la hora.

–¿Cuándo vas a mandarme los papeles? –preguntó
ella finalmente.

–No lo sé –contestó él.

Zohra rompió a llorar. Aziz le palmeó el hombro en un
torpe intento por consolarla. No podía imaginarla con él

en Madrid. Ella estaba acostumbrada a que la niña de los vecinos empujara la puerta y entrara. Estaba acostumbrada al mercado al aire libre donde podía regatearlo todo. Estaba acostumbrada a que sus parientes fueran a su casa sin avisar. No la imaginaba sola en un piso, sin nadie con quien hablar mientras él estaba en el trabajo. Y él también había adquirido nuevas costumbres. Cerró su maleta y la levantó de la cama. Parecía más ligera que cuando llegó.

El narrador de historias

Murad estaba sentado tras el mostrador, leyendo un libro, cuando entraron las dos mujeres. Había sido una tarde tranquila, perturbada tan sólo por el sonido acompasado de la vieja radio que tenía a sus pies, y aun así le había costado perderse en el mundo imaginario de la novela, a pesar de que ésta tenía lugar en Tánger. O quizá porque transcurría en Tánger no había podido reconciliar el mundo ficticio sobre el que estaba leyendo con el que vivía día a día. Se había sorprendido a sí mismo alterando la prosa del autor (corrigiendo una referencia inexacta y cambiando palabras en el diálogo entre los personajes), pero no se trataba de eso. Sentía que faltaba algo. Había cogido el libro en el Centro Lingüístico Americano, donde ninguno de los ajetreados empleados se molestaba en comprobar su tarjeta de miembro, caducada hacía tiempo, antes de poner el sello en el libro y dárselo. Pasaba allí muchas horas después del trabajo, intentando encontrar algo en la sección de ficción que no hubiera leído todavía. También había otra razón para sus frecuentes visitas al centro: una esbelta muchacha de encantadores ojos castaños que le había sonreído por encima de su ejemplar de *El corazón de las tinieblas* la primera vez que la vio. Habían empezado a salir un par de meses atrás. Con el tiempo, pensaba Murad, podría descubrirle a ella alguna de sus novelas favoritas, ya que la que en ese momento tenía entre sus manos no se encontraba entre las mismas.

La entrada de las mujeres en el bazar Botbol supuso una distracción agradable, por lo que se levantó de la silla dejando el libro a un lado. Anas, el otro vendedor, estaba tumbado en una silla en el rincón, roncando suavemente, tal como hacía la mayoría de las tardes. El dueño estaba de vacaciones en Agadir y a Murad le habían dado las llaves de la tienda, para gran disgusto de Anas, que llevaba más tiempo trabajando allí. Aun así, Murad se entendía razonablemente bien con él, principalmente por el hecho de que no le importaba cuando Anas se tomaba largos descansos con la excusa de ir a comprar cigarrillos o cuando se pasaba la tarde dormido. La cabeza de Anas resbaló y la sacudida le despertó. Echó una ojeada alrededor, vio a las dos mujeres y recobró rápidamente la conciencia.

Ambas eran jóvenes, probablemente de menos de treinta años. Una de ellas llevaba vaqueros y una ancha camiseta de botones, y la correa de un bolso de arpillera le cruzaba el pecho, separándole los senos. Llevaba el pelo rubio rojizo sujeto con un palillo detrás de la cabeza. Su amiga, morena y de complexión robusta, respiraba fuerte tras haber subido por la empinada cuesta de la calle. Tenía la camisa azul húmeda en las axilas, y llevaba un bolso con el nombre del diseñador escrito de manera ostentosa en un lateral. Se acercó directamente al mostrador de las alhajas, en el que había expuestos pendientes de plata, además de pulseras de coral incrustado y collares de cuentas de ámbar.

–¿Qué te parecería algo así, Sandy?

Sandy contempló el mostrador, con cara de aburrimiento y ganas de marcharse.

–Las joyas son algo muy personal –dijo–. A tu prima podría no gustarle lo que tú elijas.

–Venga, echemos un vistazo. ¿Qué te parece la pulsera?

–Bueno, Chrissa –dijo Sandy, dejando caer ligeramente los hombros–. No creo que sea un buen regalo de bodas. ¿Por qué no le compras algo para la casa?

Chrissa suspiró con afectación, como si Sandy hubiera estado metiéndole prisa toda la tarde y ya estuviera un poco harta.

–Muy bien –dijo, mientras pasaba del mostrador de las alhajas a las mesas cargadas de souvenirs y baratijas. Al encontrar un juego de tablillas de madera en una estantería, chilló–: ¡Mira!

Murad había comprado las tablillas él mismo, por cuenta de su jefe, en la subasta de las pertenencias de un fallecido, unas semanas antes. Se habían utilizado en las escuelas coránicas hasta los años cuarenta, pero ahora, claro, resultaba cada vez más difícil encontrarlas. En el dorso de una tablilla estaba escrito el nombre del niño que las había utilizado, Taher, y la fecha, 1935. Era raro que las tablillas tuvieran rasgos distintivos como éste, ya que a menudo eran devueltas cuando los niños terminaban la escuela y reutilizadas por otros alumnos. En la parte frontal, el niño había escrito un versículo de la sura XCVI, el primer verso revelado al profeta: «Lee, en nombre de tu Señor, que lo ha creado todo». Murad había pensado muchas veces en el niño cuya tablilla había acabado en el bazar Botbol, si habría terminado la escuela coránica e ido a una escuela pública o si habría aprendido un oficio. Se imaginaba la vida de Taher, inventándole unos progenitores, un padre que había luchado a las órdenes de Abd el Krim en la rebelión del Rif, y una madre que ansiaba tener una hija; cinco hermanos mayores; un vecino que fumaba en *sebsi*, que le enseñaba a tocar la flauta y el *guembri* por la noche; una chica de la que estaba enamorado y que vivía calle arriba.

Chrissa cogió la tablilla y la puso a la luz para examinar las escrituras.

–La caligrafía es preciosa –dijo.

–Me encanta la forma curvada de las letras –asintió Sandy.

–Creo que es una antigüedad.

Sandy se metió las manos en los bolsillos del vaquero y susurró:

–No muestres demasiado interés, Chrissa, o subirán el precio. –Dirigió a Anas, que estaba en una esquina mirándolas, una expresión de profundo desinterés.

–Lo siento –dijo Chrissa. Parecía la clase de mujer que siempre pide perdón por todo. Volvió a poner cuidadosamente la tablilla sobre el estante, para después retirarse del cuello su larga melena, enjugándose el sudor con la mano.

–Podría quedar bien, ¿no crees? –susurró en tono conspirador–. ¿Encima del mueble del recibidor?

Sandy asintió.

–Estoy segura de que a tu prima le va a gustar.

Pero después de observar la tablilla un momento más, Chrissa pasó a otra cosa, mientras Sandy la seguía con paso cansino.

–¿Qué pasa? ¿Ya no te gusta?– preguntó.

–Lo siento –dijo Chrissa–. Sólo quiero ver qué más tienen.

–Cuando terminemos aquí, podíamos ir a ver la casa de Paul Bowles –dijo Sandy.

Murad se preguntaba si alguna vez le sería posible alejarse de Bowles, de las docenas de turistas a los que parecía atraer hasta Tánger, impulsados por la nostalgia de una época que ni siquiera habían conocido. ¿Sería por su amistad con Kerouac y Ginsberg? ¿El aura de misterio que rodeaba su matrimonio y sus aventuras amorosas? ¿Los mitos que le gustaba inventar? Por encima de todo eso, lo que los atraía año tras año, sospechaba Murad, eran los relatos de Bowles. Hubo una época en la vida de Murad en que había utilizado al escritor como cebo para engatusar a los turistas, a los que ofrecía una visita guiada por la ciudad, pero con el tiempo se acabó cansando de ello.

Apoyó los codos en el mostrador y abrió su libro de nuevo. Quería dar la impresión de estar ensimismado con la lectura, y esperaba que Anas, que precisamente en ese momento se estaba levantando de la silla, se encargase de las dos mujeres para no tener que hacerlo él.

–Espero que esté abierta al público. A lo mejor podemos hacernos una foto allí –dijo Sandy. Dando una palmadita en su bolso de tela, añadió–: He traído la cámara.

–Hoy no me siento muy fotogénica.

–Oh, vamos. Estás perfectamente.

–¿Sabes? Creo que ni siquiera he leído nada de Bowles.

–¿Hablas en serio? ¿Ni siquiera *El cielo protector*? Chrissa negó con la cabeza.

–Lo siento.

–Vaya. Entonces sí que deberíamos ir. Será divertido, ya verás.

–¿Así que vivía aquí en Tánger?

–Pues sí. Vino en los años treinta. Fue Alice B. Toklas quien le aconsejó venir a Marruecos –explicó Sandy–. Y a Gertrude Stein le pareció bien, así que acabó aquí.

–¿De veras? –repuso Chrissa, con la cabeza puesta en otra parte–. Fíjate en esto. –Señaló un espejo de latón con forma de herradura que colgaba de la pared, y mientras miraba su reflejo, se apartó el pelo castaño de la cara y se ajustó la camiseta.

A Murad le costaba seguir fingiendo, y las líneas se embarullaban ante sus ojos al mismo tiempo que se sorprendía espiando la conversación de las dos mujeres. No había dejado ver que sabía inglés. Anas hablaba bereber, árabe y español, pero su inglés se limitaba a hola y adiós, así que en algún momento, si las mujeres decidían comprar algo, Murad tendría que descubrir que entendía su idioma, pero por el momento mantenía su mirada fija en el libro, aunque seguía escuchando.

–Vivió aquí hasta su muerte.

–¿Quién?

–¡Bowles! –respondió Sandy con un toque de exasperación.

–Lo siento –dijo Chrissa–. Así que conocía Marruecos bastante bien, entonces.

–Mejor que los propios marroquíes.

Murad recordaba que, de niño, su padre solía sentarse por la noche en la estera de rafia, con las piernas cruzadas y la espalda apoyada contra la pared, y les contaba historias a él y su hermana Lamya. Esto ocurría cuando la familia aún vivía en el apartamento del centro de la ciudad, antes del nacimiento de los gemelos y el bebé, antes de que su padre muriese y tuvieran que mudarse a la casa de un solo dormitorio en la medina. Sólo recordaba fragmentos de las historias, y nombres como Juha o Aisha volvían a su mente como piezas de un rompecabezas que no lograba reconstruir. Al darse cuenta se sentía por una parte enfadado y por otra triste, como si acabara de descubrir que le faltaba una parte de sí mismo. Se quedó mirando la página, intentando recordar alguna de aquellas historias.

Imágenes infantiles de ogros y genios parpadeaban en su mente, pero no conseguía hilvanar ninguna. Su padre comenzaba cada relato con las palabras «*Kan, ya ma kan* (Érase una vez y no se era)». La intemporal frase inicial le parecía encajar con el estado en que se encontraba en aquel instante, incapaz de discernir si los cuentos que recordaba eran reales o productos de su imaginación. La voz grave y profunda de su padre resonaba en sus oídos, fuerte y reconfortante, hasta que finalmente una historia le vino a la mente poco a poco: el cuento de Aisha Qandisha. Días después de que su padre le contara la historia, Murad había tenido pesadillas en las que la ogresa de pies de cabra lo perseguía, llamándolo por su nombre con una dulce voz, y él sentía la tentación de darse la vuelta y mirarla, pero no podía porque sabía que ella lo hechizaría.

Spon

–¿Qué te parece esto? –preguntó Chrissa, señalando una alfombra bereber que colgaba del techo.

–Es preciosa –dijo Sandy–. Y la confección es muy bonita.

–Me encantan los dibujos de animales. Sería perfecto como regalo de bodas, ¿no te parece?

–Ten cuidado, estás demostrando demasiado interés –dijo Sandy.

–Hola –dijo Anas.

–¿Lo ves? –dijo Sandy, y sonrió a Anas de manera distante, como para indicar que no estaba interesada, así que lo mejor era que ni lo intentase.

Agotados ya todos sus conocimientos de inglés, Anas sonrió afablemente. Llevaba una camiseta de fútbol y unos vaqueros gastados, y arrastró los pies, enfundados en sus *belgha* amarillas, hasta el interruptor de la luz, para iluminar los mostradores. Hizo un gesto con la mano, invitando a las chicas a mirar la mercancía que había arriba, pero ellas se quedaron donde estaban, sin saber si llevarse la alfombra o no.

Al regresar a Tánger el año anterior, Murad se había encerrado en su casa y se negaba a salir. Evitaba las reuniones familiares, no quería hacer recados y rechazaba las invitaciones para jugar al fútbol con los vecinos. Todo el mundo sabía que había intentado ir a España, pero que lo habían detenido y deportado, así que se limitaba a quedarse en casa con su madre, rehusando incluso tomarse un vaso de té en el café La Liberté con el resto de desempleados del barrio. Observaba a su madre hacer las labores de la casa, limpiar o cocinar, mientras sus pulseras tintineaban en las muñecas. Había dejado que pasara un período de tiempo razonable antes de preguntarle por ellas, de preguntarle si podía venderlas y prestarle el dinero para volver a intentar ir a España. «¿Has perdido el juicio? –le dijo ella–. ¿No has aprendido la lección? No lo haré nunca, así que no vuelvas a preguntármelo.» Pero Murad se lo preguntaba constantemente, y cada vez, ella lo ignoraba. Decía: «¿Puedes pasarme el pan?» o «Parece que va a llover». Actuaba como si estuviera haciéndole un favor al no hacer caso de un comentario indiscreto por su parte. Resultaba desesperante ser ignorado de aquella manera. Por entonces él pasaba mucho tiempo a solas con ella en casa, después de que su hermana se hubiera casado y mudado a otro sitio, mientras los gemelos estaban todavía en la universidad y su hermano pequeño, la mayor parte del día en el colegio. Parecían una pareja mayor, desayunando juntos, viendo la televisión juntos, acostumbrándose poco a poco a los ruidos que el otro hacía a lo largo del día: el gorgoteo del agua que ella usaba para sus abluciones, el crujir de la puerta del armario que él abría para coger sus camisas. Cuando su cuñado, el marido de Lamya, le dijo que uno de sus clientes, un hombre mayor cuyos hijos habían emigrado a Israel, necesitaba ayuda en su tienda, Murad había aceptado inmediatamente la oferta.

Pero incluso después de empezar a trabajar, Murad no podía evitar preguntarse qué futuro le esperaba. Si no hubiera puesto un pie en España, habría sido más fácil desechar las fantasías de lo que podía haber ocurrido. Pero había llegado a Tarifa, así que cada día fantaseaba sobre la vida que podía haber tenido. Ahora se daba cuenta de que se había equivocado. Había estado tan obsesionado con el futuro soñado que no se había dado cuenta de la forma en que iba monopolizando sus pensamientos poco a poco. Había vivido en el futuro, pensando en todos aquellos mañanas en un lugar mejor, sin darse nunca cuenta de que su pasado se estaba perdiendo. Y ahora, cuando pensaba en el futuro, se veía a sí mismo frente a sus hijos, mudo, como si le hubieran cortado la lengua, incapaz de contarles las historias que él había oído de niño. Se preguntaba si uno siempre tenía que sacrificar el pasado por el futuro o si era algo que sólo él había hecho, algo que únicamente le pasaba a él, una incapacidad de llevar en su interior demasiadas cosas, de manera que por cada nuevo trozo de ese futuro imaginado tuviera que desterrar un pasado tangible.

–Es precioso –susurró Chrissa.

–*Muy bonito* –dijo Anas en español.

Chrissa sonrió amablemente, mirando el motivo geométrico. Sandy suspiró.

–Bueno, ya que está aquí, podrías preguntarle de qué parte de Marruecos es la alfombra.

Chrissa se volvió hacia Anas y en un español con acento, le repitió la pregunta de Sandy. Oyó la respuesta y se la tradujo a Sandy.

–¿De Nader? ¿Nador? Algo así.

–Ah. Las alfombras bereberes tradicionales suelen tener colores cálidos como ésta. Y mira los motivos de animales. Recuerdan algunos de esos dibujos de los indios americanos, ¿no crees?

Chrissa asintió.

La alfombra provenía de un pequeño taller que había vendido mercancía al Bazar Botbol durante más de veinte años. El dueño había muerto hacía sólo dos meses, y era su hijo el que había traído el último envío, transportando él mismo cada una de las alfombras hasta la tienda. Ese recuerdo llevaba a otro, y de esa forma Murad recordaba una más de las historias que su padre le había contado, acerca de un joven tejedor de alfombras y de la venganza que había llevado a cabo contra el hombre que le había arrebatado a su amada.

–¿*Quieren un té?* –preguntó Anas en español.

–Oh, no creo que sea necesario –dijo Chrissa–. Nos está preguntando que si queremos té.

–Lo he entendido –dijo Sandy–. Créeme, quieren de verdad que tomemos un té.

Chrissa parecía dudar de la afirmación de su amiga, pero le hizo caso de todas maneras.

–Sí –dijo Sandy a Anas, asintiendo con la cabeza.

Anas sonrió e indicó a Murad que iba a coger el té.

–De todas maneras, seguro que acaban liándote para que compres algo –dijo Sandy–, así que más nos vale tomarnos una taza de té mientras estamos aquí. –Se sentó en una silla en una esquina y echó un vistazo alrededor–. Quizá más tarde podamos ir a alguno de los cafés que Bowles solía ir –dijo alegremente. Al fijarse en un viejo baúl de cuero a su derecha, se agachó para mirarlo, admirándose de los dibujos que trazaban los clavos. Con el dedo, escribió algo en la capa de polvo.

Chrissa, que estaba sentada con su bolso en el regazo, se volvió hacia Murad y, al darse cuenta de que él lo advertía, le dedicó una mirada de disculpa. Murad sonrió y salió de detrás del mostrador. Trajo una mesa de té redonda con ruedas y la montó, desplegando sus patas frente a las chicas.

–Bienvenidas, bienvenidas –dijo en inglés.

Si estaba sorprendida, Sandy no lo dejó traslucir, como si hubiera sabido que hablaba inglés todo el tiempo.

–De verdad, el té no es necesario –dijo Chrissa.

–Por favor –dijo él–. Es un placer. –Se sentó y cruzó las piernas–. Así que les interesa Paul Bowles, ¿verdad?

–Por supuesto –dijo Sandy, ruborizándose–. ¿Ha leído algo suyo?

Murad asintió.

–Me encantan sus libros –dijo ella, apartándose una mosca de la cara. Sus ojos verdes estaban maquillados con kohl–. Es un maravilloso narrador de historias.

–¿Les gustaría escuchar una historia mientras esperamos el té? –propuso Murad.

Los ojos de Sandy brillaron de interés y, mirando fugazmente a Chrissa con satisfacción, dijo:

–¡Claro!

–Érase una vez y no se era, un tejedor de alfombras llamado Ghomari. Era conocido y admirado en todo el país por los tapices que tejía, y la gente venía de lejanas tierras para comprar sus trabajos. Ghomari estaba enamorado de una bella joven, que le había sido prometida. Era la hija del muecín y se llamaba Jenara. De vez en cuando, Jenara solía acercarse a ver a Ghomari trabajar, y le preguntaba cuánto tiempo tardaría en ahorrar suficiente dinero para su dote. «Tengo que vender diez alfombras más», decía él, o: «Tan sólo siete más, mi amor». E invariablemente ella decía: «Apresúrate, amor mío, en venderlas, para que podamos casarnos».

Un día, Jenara había ido a ver a Ghomari trabajar en su tienda en mitad de la tarde. Hacía un calor insoportable, así que la joven Jenara se sentó de espaldas a la calle y desveló su rostro. En aquel momento, el enano Arbo, que era tan feo como malvado, acertó a pasar por allí, y cuando vio que Ghomari estaba ocupado hablando con alguien, se coló en la tienda y vio a Jenara sin su velo. Se quedó atontado ante tal belleza y seguía sin palabras cuando Ghomari, insultándole, lo echó de la tienda.

Desde entonces, Arbo comenzó a acosar a la joven Jenara dondequiera que estuviera, tanto si iba de camino al mercado o yendo al *hammam*, haciéndole declaraciones de amor. Jenara le espetaba: «Preferiría estar muerta antes que ser tu esposa». Arbo se marchaba, pensando en las maneras en que podría vengarse. Acudió a su señor, el sultán, y le dijo que había visto a la más bella mujer de todo el reino, pero que estaba prometida a un simple tejedor de alfombras. Al oír esto, el sultán dijo: «¿Cómo puede un tejedor de alfombras tener una esposa más bella que yo? Haz lo que debes». Y así, Arbo esperó a que el muecín subiera al minarete a hacer su llamada para secuestrar a Jenara y llevarla al harén del sultán. La pobre doncella pasaba sus días llorando por su forzado matrimonio con el brutal sultán y ninguno de los regalos con que éste le obsequiaba lograban calmar su pena.

El pobre Ghomari sabía que era inútil enfrentarse al sultán que le había robado a su amada, así que volvió a su telar y derramó sobre él su tristeza. Tejió una alfombra que mostraba a Jenara en toda su belleza, con su rostro al descubierto y empuñando un largo cuchillo que representaba su deseo de venganza. Cuando hubo terminado, se maravilló de su propia creación, tan llena de vida que parecía que la misma Jenara estuviera ante él, lista para asestar el golpe. Ghomari reunió a su padre y al padre de Jenara y les enseñó el tapiz. Ellos también se asombraron al ver la alfombra, y así se lo contaron a sus esposas, quienes se lo contaron a sus hermanas, quienes se lo contaron a sus maridos.

Y así, cada noche, después de oscurecer, Ghomari cerraba su tienda y celebraba sesiones para contemplar su más maravilloso tapiz, hasta que esto llegó a oídos de Arbo. Habló al sultán acerca del tapiz, que poco después fue confiscado y Ghomari encerrado en prisión. Cuando el sultán vio la alfombra, se quedó nuevamente asombrado de la belleza de Jenara, pero aún más de la terrible expresión de su rostro. Se lo enseñó a los miembros de la corte, deleitándose con sus reacciones, y mandó que lo colgasen en su dormitorio. Cuando vio a Jenara de nuevo, le dijo que Ghomari iba a ser ejecutado a la mañana siguiente. Ella no mostró ninguna pena por la muerte de su prometido. El sultán le preguntó a su fiel Arbo a qué podría deberse su indiferencia. El enano respondió que quizá Jenara había visto finalmente la luz. Durante las semanas siguientes, Jenara parecía feliz, charlaba y bromeaba con Arbo. «Así son las mujeres –le decía Arbo a su señor–. A veces hay que mostrarles mano dura para que aprendan lo que es bueno para ellas.»

Una noche, Jenara le dijo a Arbo que desde hacía tiempo deseaba una preciosa pulsera, pero que su dueño, un joyero de la *mellah*, no quería separarse de ella. Arbo dijo: «No te preocupes, ama, lo conseguiré para ti esta misma noche». Y así, Arbo se dirigió a la *mellah*, abandonando su puesto junto al sultán. Jenara entró entonces en el dormitorio de su señor empuñando un cuchillo.

En ese momento Anas llegó con la tetera y cuatro vasos, que puso en la mesa, y empezó a servir.

–Muy dulce –dijo Chrissa, tras probar el té–. Delicioso.

–¿Cómo termina la historia? –preguntó Sandy.

–Jenara puso el cuchillo en la garganta del sultán, que se despertó aterrorizado. Llamó a su fiel Arbo, pero el enano se había ido en busca de la pulsera imaginaria. El sultán lloró y se retorció de miedo.

Varios miembros de su séquito acudieron apresuradamente, y Jenara se echó hacia atrás, contra la alfombra que colgaba de la pared. «¡Está intentando matarme!», gritó él, señalando a la joven. «Pero señor, tan sólo es vuestro tapiz en la pared.» El sultán les ordenó que la apresaran, pero ninguno de sus súbditos se movió.

«Ha perdido el juicio», dijo el gran visir, y se marchó presuroso para dar la noticia al hermano menor del sultán, a quien éste había encerrado en una oscura cueva. El visir estaba ansioso por ganarse el favor del hombre que pronto reemplazaría al lunático que ahora ocupaba el trono. Los miembros de su séquito se marcharon uno a uno, negando con la cabeza ante el amo que había perdido el juicio. Después de que la puerta se cerrase,

Jenara se acercó al sultán y lo mató clavándole el cuchillo en el cuello.

Ella y Ghomari finalmente obtuvieron su venganza.

Chrissa se dio la vuelta para mirar la alfombra que tenía detrás. Anas rellenó los vasos y preguntó en español:

–¿*Le gusta la alfombra?*

–*Sí* –dijo Chrissa.

Sandy se rió.

–De verdad, Chrissa, ¿tan fácil eres de convencer?

–Bueno, yo creo que quedaría muy bien en su salón –dijo Chrissa, apretando los labios–. Y la voy a comprar.

–Está bien –dijo Sandy–. Comprémosla de una vez y vámonos.

–¿Cuánto vale? –preguntó Chrissa.

–*Mil quiniento* –dijo Anas en español.

–Pide mil quinientos por ella –tradujo Chrissa.

Murad pensó que a Anas le gustaba bastante la chica, porque había empezado el regateo por un precio muy bajo. La alfombra valía mil doscientos, mucho más si era vendida en una elegante tienda del centro.

–Es mucho –dijo Sandy, echándose hacia delante en su silla con ganas de regatear, como probablemente en su guía turística ponía que debía hacer–. Seiscientos.

Murad arqueó una ceja.

–¿Estás segura? –preguntó Chrissa a su amiga. Sandy asintió.

La radio crepitaba con el sonido de las noticias. Eran las cuatro de la tarde. Murad giró varias veces el vaso de té que sostenía.

–Mi amigo se ha equivocado –dijo finalmente–. El precio es mil ochocientos.

Sandy parpadeó.

–Mil –dijo.

–Mil doscientos –dijo Murad, poniéndose de pie–. Es mi última oferta.

–Está bien –dijo Chrissa, abriendo su bolso.

–Probablemente pagarías el triple en eBay –dijo Sandy, encogiéndose de hombros.

Murad volvió a sentarse tras el mostrador, dejando que Anas se ocupara de la tarjeta de crédito y de envolver la alfombra. Cogió su libro, alisó la página que había doblado por el borde para marcarlo y lo cerró. Ya no tenía sentido leer este tipo de historias; necesitaba escribir las suyas propias. Pensó en su padre, que contaba historias a sus hijos, y en cómo éstas habían sido prácticamente olvidadas actualmente.

Anas cerró la caja registradora con un sonoro tintineo, pero Murad apenas prestó atención; ya se había perdido en la historia que iba a empezar a escribir aquella misma noche.

Glosario

'arobi: viene de "árabe", y con sentido peyorativo se aplica a alguna gente del interior de Marruecos, con la connotación de paleto.

Beghrir: una especie de tortita redonda y esponjosa, con agujeritos en la parte de arriba.

Bournous: túnica que se usa sobre la chilaba en invierno.

Briwat: empanadillas de hojaldre con forma de sobre.

Chauch: bedel o conserje.

Chleuh: beréber.

derb: callejuela y también barrio.

Eid: significa Pascua y hay dos: la Menor, Aid Sgher (al terminar el Ramadán), y la Mayor, Aid Kebir (cuando se conmemora el episodio bíblico de Abraham y se sacrifica un cordero).

Ghurba: morriña, extrañamiento, *saudade* (viene de *gharb*, Occidente, y de la nostalgia que tiene el exiliado/emigrante cuando está en Europa/Occidente).

Guembri: instrumento musical de cuerda.

Harira: sopa que se toma en el mes de Ramadán para romper el ayuno.

Heb rshad: semilla medicinal.

Hemqa: loca.

Hlib: leche.

Marma: bastidor grande con patas para bordar.

Mellah: barrio judío en la vieja medina.

Mijmar: recipiente de barro usado para cocinar, parecido a una barbacoa.

Piceri: mala pronunciación de *épicerie*.

Qaleb: cono grande de azúcar.

Rabuz: fuelle.

Rghaifa: tortita esponjosa cuadrada.

Sebsi: pipa para fumar kif.

Seroual: zaragüelles, pantalones anchos.

Shebbakiya: especie de pestiño con miel en forma de reja (*shebbak* significa «rejas») que también se toma en Ramadán.

Agradecimientos

Doy las gracias, por sus variados comentarios sobre diversas partes de este manuscrito, a Mary Ankers, Judith Beck, Katrina Denza, Alicia Gifford, Carrie Hernández, Kirsten Menger-Anderson y Rob Roberge.

También estoy en deuda con Randa Jarrar, Maud Newton y Mark Sarvas por su fe y los ánimos que me dieron; a Junot Díaz, Whitney Otto y Diana Abu-Jaber por su generosidad; a Lana Salah Barkawi, Lee Chapman, Susan Muaddi Darraj y a Tracey Cooper por sus maravillosos estímulos durante la escritura de este libro.

Muchas gracias a mi agente, Stéphanie Abou, por su paciencia y dedicación; a mis amigos de la Agencia Literaria Joy Harris por su duro trabajo; y a mi editora, Antonia Fusco, por sus sabios comentarios y su entusiasmo.

Gracias a mis padres, Ahmed y Madida Lalami, por las interesantes conversaciones que mantuvimos durante la escritura de este libro; a mi hermana y a mis hermanos, que siempre pensaron que podía hacerlo y, por tanto, lo hice; y a Sophie, que nunca me dejó olvidar lo que de verdad importa.

Por encima de todo, gracias a Alexander Yera por conservar la fe, incluso cuando yo no lo hacía.

Índice